BIBLIOTECA PEDRO BANDEIRA

os Karas

PEDRO BANDEIRA

A droga da amizade

1ª EDIÇÃO

MODERNA

COORDENAÇÃO EDITORIAL Maristela Petrili de Almeida Leite
EDIÇÃO DE TEXTO Marília Mendes
COORDENAÇÃO DE EDIÇÃO DE ARTE Camila Fiorenza
PROJETO GRÁFICO Camila Fiorenza
DIAGRAMAÇÃO Cristina Uetake, Elisa Nogueira
ILUSTRAÇÃO DE MIOLO Hector Gómez
ILUSTRAÇÃO DE CAPA Jefferson Costa
COORDENAÇÃO DE REVISÃO Elaine Cristina del Nero
REVISÃO Andrea Ortiz
COORDENAÇÃO DE *BUREAU* Américo Jesus
PRÉ-IMPRESSÃO Alexandre Petreca
COORDENAÇÃO DE PRODUÇÃO INDUSTRIAL Wilson Aparecido Troque
IMPRESSÃO E ACABAMENTO HRosa Gráfica e Editora
LOTE 779848
COD 12093921

Dados Internacionais de Catalogação na Publicação (CIP)
(Câmara Brasileira do Livro, SP, Brasil)

Bandeira, Pedro
A droga da amizade / Pedro Bandeira.
São Paulo : Moderna, 2014. — (Série Os Karas)

ISBN 978-85-16-09392-1

1. Literatura infantojuvenil I. Título. III. Série.

14-02923 CDD-028.5

Índices para catálogo sistemático:
1. Literatura infantojuvenil 028.5
2. Literatura juvenil 028.5

EDITORA MODERNA LTDA.
Rua Padre Adelino, 758 - Quarta Parada
São Paulo - SP - Brasil - CEP 03303-904
Vendas e Atendimento: Tel. (11) 2790-1300
www.moderna.com.br
2023
Impresso no Brasil

Para o amigo Josevando Souza,
de Ananindeua, no Pará.

Eterna gratidão à minha querida Marisa Lajolo
pela leitura tão atenta deste original.

Sumário

1. Miguel

Aquela noite haveria de entrar para a História, com H maiúsculo.

No final do corredor que terminava na entrada de seu imenso gabinete de trabalho, Miguel olhou para a própria imagem refletida num espelho.

Passou a mão pelo rosto, verificando que a barba estava bem-feita. O cabelo, já esbranquiçado nas têmporas, também parecia alinhado. Ajeitou o nó da gravata.

O relógio de pulso mostrava que ele ainda dispunha de tempo para revisar no computador o texto do discurso que faria dali a pouco.

Abriu a porta e entrou.

Com a chegada do anoitecer, o salão estava na penumbra. Fechou a porta atrás de si e aproximou-se de uma das mesas entulhadas por pilhas de envelopes de diversos tamanhos, vindos dos quatro cantos do planeta para cumprimentá-lo por aquela ocasião tão especial. Cada um dos envelopes já havia sido vasculhado pela segurança e todos haviam merecido cerimoniosos agradecimentos da equipe de secretárias.

"É...", sorriu ele, ao pegar um dos envelopes da pilha de cumprimentos. "Em ocasiões importantes, o velho correio ainda vence a comunicação eletrônica..."

Caminhou para a mesa do computador, sentou-se e ligou-o, buscando o arquivo do discurso que queria revisar. A tela do monitor acendeu-se, mas sua atenção não conseguia desviar-se do envelope que ele havia acabado de pegar. Miguel já o havia aberto naquela manhã e sabia muito bem o que continha, mas queria passar novamente pela emoção que a mensagem lhe provocara. De dentro do envelope, retirou uma foto ampliada e assinada por quatro figuras que sorriam felizes, olhando na direção da câmera que os fotografara.

"Como deve ter sido difícil reunir esses quatro para uma foto!", pensou ele, divertindo-se com a dedicatória:

C E N T E R L P O M B E R C E N T E R M
I N I S G O M B E R L P O M B E R ,
M A I S G U F T E R O M B E R N !

Abaixo da estranha mensagem, vinham as assinaturas:

Calu
Chumbinho
Crânio
Peggy

Emocionado, traduziu mentalmente a mensagem, escrita no código que ele sabia de cor.

"Sim, meus amigos, eu sempre contei com vocês, durante toda a minha vida. Nós, sempre juntos! Vocês, mais os dois que faltam nessa foto: uma certa mulher, a melhor de todas, e... e eu mesmo. Nós, os Karas!"

Com a foto nas mãos, seu olhar não se concentrava na luz do monitor que lhe azulava a expressão e exibia o texto do discurso. Como no passado, como naquele momento e como em todo o futuro que tinha pela frente, ele precisava do apoio daqueles amigos. Sim, eles o apoiariam. Ah, mais que nunca ele precisaria desse apoio!

Eles eram Os Karas! A turma secreta que Miguel havia reunido há tantos anos no Colégio Elite, a princípio apenas como brincadeira de jovens, como uma forma de sonharem juntos, de partilharem a força de suas imaginações, mas que a realidade haveria de empurrar para as mais perigosas aventuras!

"Os Karas... O avesso dos coroas, o contrário dos caretas! Há quanto tempo!"

Pensando naquela amizade que havia sido responsável pela construção do caráter de cada um deles, tocou carinhosamente a foto, como se seus dedos pudessem acariciar o rosto já maduro daqueles amigos, como se ele pudesse entrar na foto, como se ele pudesse abraçá-los, falar com eles...

"Os Karas... Há tantos anos... tantos anos..."

Quantas aventuras, quantos perigos, quantos desafios eles haviam enfrentado sempre juntos, sempre na mesma trilha de coragem, de honestidade, de justiça, de tanto carinho...

E ninguém, ninguém jamais soube nem nunca saberá das façanhas que aquela pequena turma de adolescentes havia realizado! Em várias ocasiões, os seis Karas, sempre com a companhia do querido detetive Andrade, tinham assumido riscos tremendos, arriscando a própria vida. Por muito pouco não teriam sobrevivido para estarem ali, todos juntos, a testemunhar os acontecimentos de uma noite tão especial...

Suspirou fundo. Em sua memória emergiram, como se formassem um filme, os momentos em que ele havia descoberto cada um dos queridos amigos para formar a incrível Turma dos Karas...

2. Crânio

Na máquina do tempo de sua memória, Miguel começou a viajar para o passado, fixando os olhos no rosto do amigo Crânio. Era o mais discreto personagem da foto.

"Acho que só os Karas ainda lembram do Crânio pelo apelido..."

Realmente, além dos Karas e do detetive Andrade, quem atualmente ousaria chamar pelo antigo apelido um cientista como o querido Crânio, candidato a ganhar o Prêmio Nobel pela criação da fórmula da energia limpa que poderia livrar a Terra da poluição?

Ah, desde a adolescência Miguel sabia que não haveria limites para a inteligência daquele amigo, daquele incrível amigo.

"Parece que foi ontem..."

E o filme das recordações de Miguel projetava o momento em que seus caminhos cruzaram-se com os de Crânio para nunca, nunca mais se desviarem...

* * *

Estudavam no Colégio Elite, tinham a mesma idade, mas estavam em salas diferentes. Só tinham trocado poucas frases desde o início do ano letivo. Logo, porém, Miguel havia percebido que aquele era um garoto destacado, de um humor e uma esperteza únicos. Era campeão juvenil de xadrez e, recentemente, num torneio do qual participara até um famoso campeão russo, Crânio, por causa de três empates, saíra com o segundo lugar, mas os especialistas tinham ficado de boca aberta ao vê-lo derrotar o grande mestre russo, ainda por cima jogando com as peças pretas.

Miguel tinha visto o rapaz algumas vezes, em algum canto do recreio, soprando uma pequena gaita bem baixinho, como se não quisesse incomodar ninguém, só isolar-se mesmo. Os colegas de classe diziam que aquele era o modo de o colega *pensar* quando tinha algum problema mais complicado para resolver. Todos o chamavam de "Crânio" e logo Miguel haveria de descobrir o porquê daquele apelido.

A descoberta aconteceu no dia em que, no pátio do Elite, num intervalo das aulas, Miguel encontrou o rapaz no meio de uma roda que parecia disputar algum desafio. Vários alunos riam-se, excitados, e Miguel percebeu que o desafiado era justamente o jovem do apelido. Aproximou-se e ouviu um deles provocar:

– Está bem, Crânio, você é o tal em raciocínios, não é? Pois dou-lhe um minuto para resolver um problema.

O rapaz sorriu bem de leve e aceitou:

– Pode mandar.

– O problema é este: há nove bolas de bilhar, mas uma delas é um pouco mais leve do que as outras. Muito pouco mesmo, nem dá pra perceber. Você tem uma balança de dois pratos e tem de descobrir qual é a mais leve com apenas duas pesagens. Consegue resolver essa?

As sobrancelhas de Crânio se franziram por um instante e, muito antes que o minuto do desafio chegasse ao fim, sua expressão acendeu-se e ele respondeu:

– Fácil! É só pôr três bolas quaisquer em um prato e outras três no outro. Se houver equilíbrio, a bola mais leve está entre as três que sobraram. Pega-se então duas bolas quaisquer dessas três e pesa-se uma em cada prato. Se houver equilíbrio novamente, a mais leve é a que ficou de fora, e assim por diante.

– Como "assim por diante"? – perguntou outro colega, intrometendo-se na conversa. – E se os dois pratos não se equilibrarem na primeira pesagem?

– Muito simples – continuou Crânio. – Basta pesar duas bolas das três que se mostraram mais leves e a solução fica igual à anterior.

A rapidez da solução encontrada pelo desafiado não agradou ao desafiante. Pelo jeito ele havia se preparado, ido atrás de curiosidades matemáticas na Internet só para ver se pegava o Crânio no pulo, e atacou de novo...

– Então vê se resolve a mais difícil: há dez pilhas de caixas que deveriam pesar um quilo cada uma. Mas uma das pilhas foi entregue com caixas que pesavam apenas novecentos gramas. Dessa vez a balança que você tem não é a de dois pratos. É uma daquelas de pressão, usadas para pesar grandes cargas, e você tem de descobrir qual a pilha mais leve com apenas *uma* pesagem. Ha, ha, quero ver você se livrar dessa!

– Uma só? – espantou-se o colega perguntador. – É impossível!

Crânio balançou a cabeça. Preferia resolver esses problemas só pela diversão, sem ter de provar nada a ninguém. E logo falou, como se quisesse apenas livrar-se da provocação:

– É *bem* possível: pegue uma caixa da primeira pilha, duas da segunda, três da terceira, quatro da quarta e assim por diante, até pegar dez caixas da última pilha. Pese tudo junto e veja o resultado. Se todas as caixas pesassem um quilo cada, essa soma deveria dar... deixa ver... hum... cinquenta e cinco quilos. Se a balança acusar, por exemplo, cinquenta e cinco quilos *menos* duzentos gramas, isso quer dizer que as caixas mais leves são as da segunda pilha, de onde você pegou somente duas. Se pesar menos meio quilo, a pilha mais leve é a quinta, se faltar um quilo inteiro é a décima e o problema está resolvido. Satisfeito?

Disse e deu as costas para o desafiante, deixando o grupo embasbacado com sua rapidez de raciocínio.

Miguel sorriu para si mesmo. Realmente, aquele garoto merecia o apelido de Crânio...

E resolveu aproximar-se:

– Oi, meu nome é Miguel.

– Sei – respondeu Crânio. – Neste colégio todo mundo sabe quem é você.

Juntos, os dois foram caminhando de volta às salas de aula, conversando e começando a se conhecer. O colega perguntador, que havia se assombrado com a esperteza do Crânio, juntou-se a eles, bisbilhotando a conversa. Como o tema do desafio era matemática, ouviu os dois falarem sobre um determinado livro que trazia gostosas curiosidades daquele tipo:

– Lembra-se do enigma dos camelos, Miguel?

– O da divisão dos trinta e cinco camelos, Crânio? Se lembro! É um dos melhores do livro e...

O colega intrometido interrompeu:

– O que é isso de camelos?

Crânio desviou o olhar para o perguntador e respondeu, com paciência:

– É uma das melhores partes do livro *O homem que calculava*, do escritor brasileiro Malba Tahan.

– É mesmo? – assanhou-se o garoto, já antecipando a diversão. – E como é essa história? Ah, conta, vá!

Crânio deteve o passo, encarou o colega, pôs-lhe uma mão no ombro e aconselhou:

– Por que não vai à biblioteca? Pegue o livro e descubra essa e uma porção de outras brincadeiras matemáticas. Você vai se divertir, garanto!

Miguel é que foi para sua classe divertindo-se com a esperteza do novo amigo. Novo, mas amigo para sempre, pois ali começava uma amizade que nunca, nunca haveria de se desfazer...

* * *

Os dois passaram a estar juntos sempre que podiam, para trocar experiências, ideias e ideais, sentindo-se cada vez mais próximos um do outro. As ideias de cada um sempre combinavam com os ideais do outro, e a dupla vivia inventando maneiras de consertar o que viam de errado no mundo.

Logo na semana seguinte, quase no final de um intervalo, os dois encontraram um garoto agachado no pátio, nervosíssimo, remexendo na mochila, quase a ponto de chorar. Pelo tamanho, o menino devia ser do sexto ano. Aproximaram-se e Crânio perguntou:

– Perdeu alguma coisa, amigo?

Sem levantar a cabeça, tirando tudo de dentro da mochila e tornando a colocar, o rapazinho respondeu, sem nem levantar a cabeça:

– Meu livro! Não encontro o meu livro!

Crânio ajoelhou-se ao lado do colega:

– Calma... Já vi você esvaziar a mochila duas vezes. A não ser que o seu livro perdido tenha o tamanho de um alfinete, ele na certa não está aí dentro...

– Mas tinha de estar! – protestou o menino. – Eu guardei o livro na mochila antes de vir para o intervalo. Deixei a mochila aqui, enquanto ia até a cantina e, quando voltei...

– Ele tinha desaparecido, não é? Mas por que está tão aflito? Era algum livro que você tirou da biblioteca e vai ter de pagar multa se não devolver?

– Não! Era um livro que eu queria há muito tempo, já procurei onde pude, até nos sebos da Internet, mas não teve jeito...

– Um livro esgotado? E era valioso assim, pra você ficar tão aflito?

Dessa vez o menino fez uma pausa e deixou cair os braços, desanimado:

– Não. É que... bem, é de um autor que eu gosto muito. Tenho tudo o que ele escreveu. São mais de vinte livros já traduzidos no Brasil. Pra mim só faltava esse, que não existe em lugar nenhum...

– E quem é esse autor tão maravilhoso pra você?

– Bom, acho que você não conhece. Ele escreveu histórias meio policiais, meio de aventura, meio de romance, é um autor francês que...

– E qual é o nome desse autor francês?

– Você nunca ouviu falar dele.

– Está bem. Mas, pra eu ouvir falar dele, é preciso que você diga o nome.

– É Maurice Leblanc.

Crânio virou o rosto para Miguel, comentando:

– Ah, esse eu conheço até demais! É um escritor muito divertido. Foi ele quem criou aquele ladrão elegante que...

– O Arsène Lupin! – completou Miguel. – É o tal que roubava joias da mulherada rica.

– Isso! O ladrão de casaca e cartola. Eu já li vários dos livros dele e...

Ao ouvir aquilo o menino cortou:

– Já leu? E você tem *O segredo de Florença*?

– Não – confessou Crânio. – Esse eu nunca li.

– Nem eu – completou Miguel.

– Pois foi esse livro que sumiu da minha mochila! – o coleguinha quase berrou.

– Que pena... – disse Crânio, estranhando aquela agitação. Afinal, num colégio como o Elite, era muito estranho um aluno desesperar-se pela perda de algo barato como um livro. Na certa a família dele tinha recursos para comprar até uma livraria, mas isso não era coisa pra se dizer naquela hora. Além da perda, pelo jeito havia outras razões para o nervosinho se lamentar tanto.

– Vai ver você deixou o livro em outro lugar... – tentou Miguel.

– Não! Eu guardei na mochila, tenho certeza!

– Então alguém pegou.

– Pois é... – lamentou-se de novo o garoto, com um ar de derrotado. – E agora? Eu troquei o livro pelo meu relógio...

Era isso!

– Hum... O relógio era muito valioso?

– Pra mim era. Era presente do meu avô, que já morreu...

– Puxa, você devia querer muito esse livro, mesmo!

O garoto balançou a cabeça, desconsolado:

– Eu... Eu vivia dizendo que queria muito esse livro, pra completar a coleção do Maurice Leblanc. E, hoje, o Denis me perguntou se era verdade o que eu tinha dito...

– E o que você tinha dito?

– Isso que todo mundo diz quando quer muito alguma coisa. Eu disse que daria qualquer coisa pelo livro. E o Denis então falou se eu daria em troca o meu relógio. E daí me mostrou o próprio *O segredo de Florença*. Na hora, nem pensei e aceitei a troca...

Miguel e Crânio nada mais comentaram. Os três ficaram por um instante calados, até Crânio perguntar:

– Você disse que foi um tal Denis que arrumou o livro pra você, não foi? E quem é o Denis?

– É da minha classe. É aquele ali.

– Qual? Aquele lá no fundo do pátio? O que está comendo sanduíche?

– Não. É o outro, de boné vermelho.

Crânio levantou-se, fazendo sinal para Miguel segui-lo, e disse para o garoto:

– Fique por aqui um pouco. Aguente firme. Vou ver o que posso fazer.

E foi na direção do grupo onde estava o Denis. Miguel o seguiu pra ver aonde aquilo ia chegar.

Crânio e Miguel estavam dois anos à frente do queixoso e do tal Denis. Quando chegaram no grupinho dos meninos do sexto ano, todos pararam de falar e espiaram, ressabiados, pois era raro alunos mais velhos darem qualquer importância aos mais novos.

Crânio vinha com um grande sorriso, mostrando-se amistoso em excesso, mas impondo-se como seu tamanho permitia:

– E aí, gente? Falando de futebol, é? Meu time ganhou no domingo. E o de vocês?

Antes que algum dos meninos esboçasse qualquer resposta, Crânio passou o braço pelos ombros do Denis e falou, com superioridade:

– Ah, todo mundo sabe quem ganhou e quem perdeu no domingo, não é? Mas o difícil é saber o que *eu* sei. Eu sei quem *vai* ganhar no domingo que vem! Isso mesmo. Vocês duvidam? Não duvidem não, porque no ano de vocês ainda não tem aulas de futuro. Só quando vocês chegarem ao meu ano é que vão ter aulas de futuro. Vocês sabem como são as aulas de futuro?

Os pobres meninos estavam perturbados, sem entender o que significava aquela intromissão. Ninguém respondeu nada, esmagados pelo surgimento de um grandão como Crânio (para um aluno do sexto ano todo mundo do oitavo é um grandão!) falando maluquices sem sentido. Crânio tinha dominado sua pequena plateia, que aliás nem tinha pedido para assistir àquele espetáculo...

– É uma maravilha saber o que vai acontecer, não é? A aula de futuro é uma matéria difícil, a maioria fica em recuperação. Só é aprovado quem consegue adivinhar o resultado da loteria pelo menos dois dias antes do sorteio. Dureza, meninos!

Meio espremido pelo abraço de Crânio, o tal Denis encolhia-se, assustado.

– Vocês nunca ouviram falar nas aulas de futuro? Pois vou dar um exemplo do que a gente aprende lá, pois sou o primeiro da classe. Querem ver? Por exemplo... Vou adivinhar o nome deste aqui. Ele se chama... hum... Denis, não é?

Todos se entreolharam, sem coragem de confirmar a "adivinhação" do Crânio, que continuou:

– Oi, Denis! Você acaba de ser escolhido como o primeiro aluno do sexto ano a saber como são as aulas de futuro. Vamos lá! – Voltou-se para os outros meninos e pediu: – Coleguinhas, vocês nos dão um tempo? O Denis vai receber agora sua primeira aula de futuro!

Os colegas do tal Denis disfarçaram, deram meia-volta e distanciaram-se.

Miguel acompanhava divertido a estratégia do Crânio. O amigo falava delicadamente com o menino assustado:

– Não tenha medo, Denis. Eu adivinhei o seu nome, não adivinhei? Pois, se você for um bom aluno, daqui a dois ou três anos também vai ser capaz de adivinhar o nome de todo mundo! Que maravilha, não? E esse pessoal que ganha na loteria, então? Você pensa que é só por coincidência, por sorte? É nada! São os professores que dão aulas de futuro aqui no Elite que ganham sempre. É isso mesmo. Só eles ganham. Estão riquíssimos! Dão aulas só por esporte, pra quebrar a monotonia da vida de milionários!

Miguel teve de se esforçar para conter o riso, enquanto Crânio continuava:

– Vou mostrar a você como se faz, Denis. É difícil começar adivinhando o futuro. Primeiro a gente aprende a adivinhar o nome das pessoas, como eu fiz com você. A segunda lição é adivinhar o que as pessoas têm escondidas. Por exemplo, nas bolsas. Olhe só aquela garota ali. Bonitinha, não é? Pois você é capaz de adivinhar o que ela traz na bolsa? Não? Pois eu sou: ela tem na bolsa, além daquelas bobagenzinhas de toda menina, um pacote de absorventes. Você duvida? Quer ir até lá pra perguntar a ela se eu estou certo ou estou errado? Não? Bom, é melhor não, mesmo. A menina é do Ensino Médio e pode não gostar da pergunta. Mas vou mostrar a você de outro modo. Agora vou adivinhar o que está na *sua* mochila!

Miguel franziu a testa, pois começava a entender aonde Crânio ia chegar com aquele teatro...

– Hum... – fez Crânio. – Tem caneta... lápis, caderno, agenda... você precisa apontar esse lápis, sabia? Ah! E tem um livro. E nem é livro de estudo! É... é um livro de literatura! Beleza! Você gosta de ler? É claro que gosta! Eu também gosto. Vamos ver que livro é esse... Hum... Está difícil... é alguma coisa sobre um segredo... Ah, *O segredo de Florença*! Isso! Que interessante! Esse eu nunca li. Bom, eu poderia ler agora, adivinhando cada página dentro da sua mochila, mas isso ia levar muito tempo...

Denis nada dizia e seu olhar era de puro pânico. Agarrado pelo abraço de Crânio, nada mais podia fazer senão aguardar o que aconteceria em seguida.

E Crânio continuava:

– Ai, ai, ai, eu vou ter prova de futuro na semana que vem! E ainda nem estudei toda a matéria... Vai ser sobre a origem das coisas... Que difícil! Por exemplo, na prova vai cair alguma coisa como adivinhar *por que* esse livro está na sua mochila. Vamos nos concentrar... Ah, acho que começo a perceber... Esse livro, hum... tem um colega da sua classe que queria muito esse livro... Muito mesmo, mas não conseguia encontrar em nenhum lugar pra comprar. E você sabia que na estante do seu pai tinha esse livro tão esgotado...

Olhou para o Denis, cujo olhar de surpresa tudo revelava:

– Seu pai? Seu tio, talvez? Ah, agora estou vendo melhor, é seu pai mesmo... Mas seu pai é muito ciumento de sua biblioteca, não é? Daí, você imaginou um plano genial: primeiro era preciso pegar o livro da estante do seu pai por um dia e vender o livro para o seu colega. Depois, bastava esperar seu colega se distrair, pegar o livro de dentro da mochila dele e colocá-lo de volta na estante do papai. Que ideia genial! Ninguém iria saber de nada! E que lucro fácil! Vamos ver... quanto é que você conseguiu pelo livro? Quanto dinheiro? Não... nada de dinheiro... acho que foi alguma coisa diferente... Ah, vejo agora: foi uma troca! Por um relógio! Mas que belo relógio! E está justamente dentro da sua mochila! Não, espera aí: não está na mochila, está no seu bolso. Mas que maravilha! Acho que vou passar no exame da prova de futuro!

Preso pelo abraço de Crânio, o menino Denis tremia, à beira das lágrimas...

E Crânio continuava:

– Espere um pouco, Denis, espere um pouco. Agora tenho de me concentrar, porque pode cair algum ponto mais adiantado, mais de adivinhação do que alguma pessoa *pensa* em fazer, no futuro. E, se eu não puder descobrir o que você vai fazer em seguida, acho que não vou conseguir a aprovação... Está difícil... hum... Ah, já sei! Você vai procurar o colega e devolver o relógio pra ele. Isso! Boa ideia a sua! Parabéns, Denis! Você encontrou a melhor solução: com a sua ideia, ninguém vai ficar zangado. Seu pai nem vai saber que você mexeu na estante de livros dele e seu colega vai continuar com o relógio, que... espere aí... estou vendo um pouco do passado: é um relógio de estimação do seu colega. Puxa, foi o avô dele que deu! E o pobre do avô já morreu!

Nessa hora, Crânio abriu teatralmente o abraço e Denis viu-se livre. Olhou rapidamente para Crânio, depois volteou o olhar pelo pátio, descobriu onde estava o colega que ele havia enganado e correu para lá.

Sorrindo de admiração pela maestria de Crânio, Miguel viu que Denis entregava o relógio para o colega e fugia correndo, na direção da própria classe, onde na certa se refugiaria em sua carteira sem querer conversa com ninguém, pelo menos por algum tempo...

Miguel conteve-se para não cair na gargalhada! O raciocínio do novo amigo estava claro: quem haveria de querer aquele livro? O livro era importante para completar a coleção do menino, mas era desconhecido pela maioria dos alunos do Elite. Só poderia mesmo ser furtado por alguém para quem o livrinho tivesse algum valor especial. E Crânio havia intuído que esse alguém tinha muita chance de ser o próprio vendedor, que teria tomado emprestado o livro da estante de algum adulto que ficaria muito bravo quando desse pela falta dele. Daí, como dizem os avós, era só "plantar verde pra colher maduro"!

Este era Crânio. Um gênio!

3. Chumbinho

Miguel continuava olhando a fotografia. Suas lembranças corriam soltas, mas agora detinham-se em uma das figuras. A mais sorridente delas.

"Chumbinho! Continua com a mesma carinha marota... Há anos que não o vejo. Também, com tudo que ele conquistou, não deve ter tempo pra nada!"

E divertiu-se, recordando o estupendo sucesso do amigo, que dominara a informática do planeta com a criação do mais rápido processador do mundo, capaz de realizar um sestilhão de cálculos por segundo!

"Incrível! O processador inventado pelo Chumbinho conseguiu atingir um yottaflop! E isso quando o seu principal concorrente só chegava a um mísero teraflop!"[1]

---

[1] A velocidade de cálculo de um computador é denominada assim:
Megaflop = 10 a 6ª = 100.000 cálculos por segundo
Gigaflop = 10 a 9ª = 1 milhão de cálculos por segundo
Teraflop = 10 a 12ª = 1 bilhão de cálculos por segundo
Petaflop – 10 a 15ª = 1 trilhão de cálculos por segundo

Chumbinho nos tempos do Colégio Elite! Esperto como ninguém, sempre alegre e brincalhão, deveria ser uns três anos mais novo do que ele. Ou seriam dois? Naquele momento, porém, diferenças não importavam. O que importava para Miguel, olhando a foto, era tudo o que os unia. O líder dos Karas bem que gostaria de ter tido um irmão menor como o Chumbinho...

"Mas, de verdade, ele sempre foi como um irmãozinho pra mim, não foi? Que cara incrível! Que *Kara* incrível! Lembro como se fosse hoje da primeira vez em que tomei conhecimento da existência desse fedelhinho..."

* * *

Fazia frio naquela manhã, ainda mais por ser início de período, depois de ter chovido a noite inteira.

Miguel chegava de bicicleta ao Colégio Elite bem no meio da algazarra da entrada dos alunos. Estacionou no pátio e viu que a seu lado chegava um camaradinha uns dois anos mais novo, alegre e simpático como ele só. Também largou sua magrela ao lado da de Miguel e perguntou:

– Oi! Você é o Miguel, não é?

– Sou – Miguel respondeu, achando graça. – E você, quem é?

– Me chamam de Chumbinho...

Exaflop = 10 a 18ª = 1 quatrilhão de cálculos por segundo
Zettaflop = 10 a 21ª = 1 quintilhão de cálculos por segundo
Yottaflop = 10 a 24ª = 1 sestilhão de cálculos por segundo

Enquanto Miguel tirava a mochila do bagageiro e a encaixava entre os ombros, o menino Chumbinho corria na direção de um tumulto perto do portão da escola, zoeira grande demais mesmo para a algazarra normal daquele horário. Miguel logo o seguiu e viu uma roda de alunos que provocavam um menino de uns sete anos que... que chorava!

O grupo ria, arreliava e humilhava sadicamente o pobrezinho, pois parecia que o choro do garoto era o que eles queriam que acontecesse:

– E aí, gaguinho?

– Fala de novo! Mas be-be-bem de-de-de-va-va-ga-ga-ri-rinho, hein?

– Ha, ha, ha! Quero ver esse pouca-fala na hora da chamada oral!

– Ga-ga-gá! Ga-ga-guinhôôôôô!

O sangue subiu à cabeça de Miguel. Estava pronto para intervir quando o tal Chumbinho antecipou-se: era bem menor do que os provocadores, mas avançava para o meio da roda, passava um braço pelo ombro do garotinho choroso, punha a outra mão na cintura, desafiadoramente, e levantava a voz:

– O que–que-que es-es-tá-tá a-a-a-con-con-te-te-cendo? Que-que co-var-di-dia é e-e-essa? Tá to-to-do mun-mundo ma-ma-luco, é?

Como por encanto, no grupo de gozadores baixou um silêncio de cemitério. E logo no portão de entrada, um dos lugares mais barulhentos de qualquer escola! Os provocadores empalideciam, recuavam, e um deles falou, quase gaguejando também:

– O que é isso, Chumbinho? Você não é gago...

– Nã-não so-sou, é? Po-por que não po-posso se-ser? E se-se eu for, hein, hein, hein? Vai que-querer me go-gozar, va-vai?

O rapaz baixava os olhos, amedrontado.

"Amedrontado, por quê?" pensava Miguel, cheio de admiração. Afinal de contas aquele garoto a quem chamavam de Chumbinho não parecia um brigão, e era bem menor do que os gozadores. Seu físico não meteria medo em ninguém!

– Puxa, Chumbinho... – desculpava-se o outro, que, pelo jeito, deveria ser o líder da provocação. – A gente só estava de brincadeira...

Chumbinho enfureceu-se:

– De brincadeira?! De brincadeira, você diz? Então por que não brinca assim comigo?

– Pô... A gente só estava tirando uma com o novato...

Chumbinho avançava, vermelho de razão e o outro recuava, amarelo, humilhado.

– Vocês não têm a menor vergonha? Esse menino acabou de ser transferido para cá e é assim que vocês mostram a cara dos alunos do Elite?

Os outros calavam-se, baixavam as cabeças, disfarçavam, alguns procuravam esgueirar-se para longe do problema, e nenhum deles conseguia encarar o menino Chumbinho, sempre de queixo erguido, decidido feito herói de revista em quadrinhos.

De repente, os curiosos que cercavam a cena e que primeiro a haviam presenciado só para ver aonde aquilo ia chegar, prorromperam em aplausos entusiasmados, em gritos, como se seu time predileto tivesse acabado de marcar o gol da vitória:

– Aí, Chumbinho!

– Mostrou pra eles!

– Viva o Chumbinho!

No meio do grupo que aplaudia, para Miguel destacava-se a beleza de uma menina, que sorria, orgulhosa da atuação do pequeno Chumbinho. Desde o início do ano, aquela garota atraía seu olhar, onde quer que ela estivesse, por onde quer que ela passasse.

"Chamam essa menina de Magrí..."

O herói do dia, ainda sob aplausos, começou a afastar-se, conduzindo o novato, que agora não mais chorava.

– Chumbinho! Viva o Chumbinhôôôô! – aplaudiam todos.

Chumbinho, de cabeça erguida, piscou na direção de Miguel ao passar por ele.

"Que personalidade!"

* * *

"Foi naquele ano, pouco depois da façanha do Chumbinho, que nós criamos a Turma dos Karas...", lembrava Miguel sem tirar os olhos da foto. "Uma turma secreta... Secreta? Ha, ha! Secreta pra todo mundo, menos pra ele! Como eu haveria de imaginar que o moleque acabaria por demonstrar-se tão importante para a nossa turma? Eu resisti à insistência dele, como resisti! E ele bem que soube como nos obrigar a aceitá-lo!"

Tinha sido num momento crítico, quando Miguel consultava *sites* de jornais em um computador da biblioteca para investigar os estranhos desaparecimentos de alunos que assombravam a cidade.[2]

"E lá veio ele..."

* * *

Na biblioteca do Colégio Elite, Miguel sentiu que alguém se aproximava por trás de si. Rapidamente, minimizou a página do *site* que consultava e pôs na tela do monitor a página de um *site* de geografia.

– Ei, Miguel! A sua classe está fazendo um racha com o pessoal do segundo médio e você se esconde na biblioteca? Aqueles grandões dizem que vão ganhar de vocês de goleada! Vai querer que o seu time tome uma surra, é?

O líder dos Karas voltou-se e olhou para o garoto. Ali estava aquela carinha alegre, sempre iluminada, sempre irradiando energia e disposição. Mas o problema é que o menino não desgrudava! Toda hora, para que lado olhasse, lá estava Chumbinho metendo o nariz em tudo, em todos os assuntos. Puxa, como era difícil proteger os segredos dos Karas num colégio como o Elite!

---

[2] Ver *A droga da obediência*.

– É que eu tenho uma pesquisa de geografia para amanhã, Chumbinho. Resolvi aproveitar o começo do intervalo. Logo, logo, peço para entrar no time...

– Ah, é? E se o time estiver perdendo de seis a zero? Você vai entrar nos últimos minutos e fazer sete gols?

– Posso tentar, Chumbinho, posso tentar...

– Tá legal, cara, tá legal. A gente se vê por aí.

E Chumbinho afastou-se com aquela expressão marota que parecia nunca apagar-se.

"Cara, é?", sorriu Miguel por dentro. "Ainda se fosse com K..."

* * *

Lembrando-se da insistência de Chumbinho, da sua presença constante em torno dele e dos outros componentes da turma secreta, Miguel recordava também seu arrependimento por ter resistido tanto a aceitar o menino na turma.

"Na época eu pensava que ele era novinho demais... E depois ele provou o que valia! Acho que sempre foi o mais valente de nós..."

4. Magrí

Miguel suspirou, desta vez por causa da ausência na foto de uma pessoa que dominava suas emoções:

"Magrí deveria estar nessa foto, não deveria? *Minha* Magrí..."

Que orgulho Miguel sentia dela! Magrí tornara-se uma médica importante e dedicara a vida a lutar contra a fome no mundo. Toda a África, da Mauritânia à Somália, da Tunísia à Cidade do Cabo, tinha muito a agradecer a Magrí. Graças a ela, o índice de mortalidade infantil no continente africano havia caído para bem menos da metade e o mundo inteiro demonstrara sua admiração pelos estupendos esforços daquela médica... Orgulho de todos os Karas, orgulho do mundo, orgulho do Brasil e, principalmente, orgulho de Miguel.

"Magrí... Ah, Magrí..."

Respirou fundo, procurando controlar o ritmo cardíaco e logo a respiração transformou-se num suspiro ao rememorar o caráter daquela criatura tão maravilhosa:

"Magrí... Ah, Magrí..."

* * *

Miguel sempre arranjava um jeito de dar uma espiada nos treinamentos da equipe de ginástica olímpica do Colégio Elite, comandados pela Professora Iolanda,[3] tida como a mais competente treinadora dessa categoria de exercícios no país.

Naturalmente não era pelo talento dessa ótima professora que tanto ele quanto muitos dos rapazes do Elite acorriam àqueles treinamentos... A verdade é que não haveria quem resistisse ao espetáculo daquelas lindas meninas a distenderem seus corpinhos feito molas, saltando e evoluindo como se não tivessem peso algum. Se nos jardins as flores pudessem dançar, aspergindo perfume para todos os lados, aquele ginásio seria o mais atraente dos jardins. Mas o nariz de Miguel, os olhos de Miguel só tinham uma direção, e essa direção apontava para Magrí.

* * *

"Ah, Magrí..."

* * *

Se beleza e agilidade femininas também tivessem nome, este não poderia ser outro senão *Magrí*. A menina era mesmo

---

[3] Ver *A droga do amor*.

elegantemente magrinha, embora um pouco alta para a ginástica olímpica. No colégio não havia quem se igualasse a ela nas barras assimétricas, nas evoluções sobre a trave, na ginástica de solo ou no salto sobre o cavalo, mas ela era mais do que isso. Destacava-se em qualquer esporte, era a melhor atacante do time de vôlei do colégio e ainda levava vantagem nas disputas de caratê, mesmo contra adversários de peso bem maior que o dela.

* * *

"Ah, Magrí..."

* * *

Nenhuma daquelas habilidades esportivas, porém, era o ímã que grudava Miguel à imagem daquela menina. Para ele, era o conjunto inteiro, o que o fascinava era a própria pessoa da esportista. Para o rapaz, da colega emanava algo como um eflúvio de cheiro feminino, uma aura de luz imantada que, se ela quisesse controlar, seria capaz de arrastá-lo para onde desejasse, como se o tivesse atado a uma coleira.

Mas o orgulho de Miguel não lhe permitia qualquer manifestação externa do que lhe passava pelas emoções. Na certa ali havia também um excesso de timidez, mas a verdade é que, sempre que fosse possível, em algum ponto dos arredores da área esportiva do Elite lá estava ele de olho na garota.

* * *

"Ah, Magrí..."

* * *

E aquela seria uma tarde mais do que especial, porque o ginásio de esportes da cidade abrigaria uma competição interescolar de ginástica olímpica. Para aumentar o suspense, a imprensa esportiva destacava o duelo que estava por acontecer: pouco se comentava a exibição da parte masculina da ginástica porque, na feminina, a principal estrela do Colégio Elite enfrentaria pela primeira vez Ludmila Karenkova, a famosa Lúdi.

Lúdi era filha de um antigo embaixador da Lituânia que acabara por fixar-se no Brasil e aqui fizera fortuna. A menina viera ainda bebê para o país e estudava no rico Colégio Cosmopolitano, cuja equipe olímpica gabava-se de ser imbatível.

Naquela tarde, as arquibancadas lotadas do ginásio municipal de esportes, com Miguel no meio, ficariam sabendo qual das ginastas era mesmo a melhor, mas uma certeza todo mundo tinha: as duas logo estariam nas próximas Olimpíadas, outra vez como adversárias, pois defenderiam países diferentes. E, com certeza ainda maior, haveriam de ocupar os dois primeiros degraus do pódio olímpico na hora da premiação.

O problema seria apostar qual das duas ficaria no degrau mais alto: Lúdi ou Magrí? Se as reportagens dos noticiários esportivos pudessem servir de pista, a vencedora seria sem dúvida Lúdi, pois a garota não perdia ocasião de gabar a si mesma para os repórteres e de atirar farpas na direção de sua adversária do Colégio Elite.

– Magrí? – debochava ela. – Ora, não me faça rir! Essa moleca não vai nem conseguir sair do chão depois de ver do que eu sou capaz!

Miguel tinha ido ao ginásio municipal sem a camiseta do Elite e evitou juntar-se à torcida do colégio, ruidosa e colorida por bandeiras e faixas para rivalizar com o pessoal do Cosmopolitano, que beirava a histeria com cantos e palavras de ordem para superar o entusiasmo dos adversários. Mas, por mais que procurasse passar despercebido, quando a equipe feminina do Elite entrou em quadra sob gritos e aplausos entusiasmados dos colegas e debaixo das vaias estridentes do pessoal do Cosmopolitano, o olhar de Magrí varava a multidão e Miguel tivera certeza de que se cravava nele. Nele! Sentiu o rosto se tornando uma mancha vermelha feito um farol a brilhar no meio da multidão e por pouco não se abaixou, escondendo-se do calor daqueles olhos.

A competição já começava como um verdadeiro espetáculo. Uma a uma as ginastas se revezavam nos aparelhos com o incentivo de aplausos, de gritos e de assobios. Logo as duas estrelas da tarde provavam o porquê do seu brilho: Lúdi e Magrí tiravam as melhores notas no salto sobre o cavalo, praticamente afastando todas as outras concorrentes da possibilidade dos dois primeiros lugares.

A pontuação das duas estava praticamente empatada quando a competição avançou para a prova da trave de equilíbrio. Lúdi evoluiria primeiro e Magrí encerraria a série.

Nessa hora, a plateia inteira percebeu o olhar fuzilante, de um azul gelado, dirigir-se à rival do Elite. Um sorriso de escárnio desenhou-se na boca da lituana e seus lábios moveram-se sem soltar qualquer som, mas quem soubesse leitura labial perceberia que a danada estava dizendo:

– Vou acabar com você, sua lacraia!

Para Miguel, Magrí era a melhor em todos os aparelhos, mas algum especialista em ginástica olímpica isento de paixões afirmaria que Lúdi era uma artista na trave de equilíbrio, enquanto Magrí seria imbatível na exibição de solo. Naquele momento o aparelho em disputa era justamente a trave, e o temor da torcida do Colégio Elite era a probabilidade de assistir à lituana pontuando muito à frente de Magrí, que daí teria mesmo de superar-se na ginástica de solo se quisesse conquistar o primeiro lugar.

– Será que essa gringa aguada pode ganhar da Magrí nessa prova?

Esse tinha sido um comentário ouvido bem perto de Miguel, vindo de uma senhora gorducha, na certa mãe de algum aluno do Elite.

Cheia de confiança em si mesma e de desprezo pelas competidoras, Lúdi preparou-se para executar a entrada na trave. Tomou impulso, disparou na corrida e, ainda no solo, atirou-se numa estrela e revoluteou o corpo num mortal, elevando-se no ar e apenas tocando a pontinha dos dedos na beirada da trave, de modo a conseguir novo impulso e disparar outro salto mortal! Acrobacia incrível, daquelas capazes de deter a respiração da plateia inteira! Seu corpo elegante subiu, contorceu-se, pareceu até deter-se em pleno ar, girou, estirou-se de novo e voltou apontado para a trave...

Perfeito!

Não, não foi tão perfeito na aterrissagem, pois seu pezinho resvalou na beirada da trave e a menina caiu espetacularmente no acolchoado!

Horror do lado do Cosmopolitano! Arrepios na banda do Elite!

Lúdi tentava levantar-se, retomar o exercício, mesmo sabendo da perda de pontos pela queda, mas seu pé falseava e a lituana caía de novo, levando a mão ao tornozelo.

Estava ferida! Agora o caminho da vitória escancarava-se à frente de Magrí!

Duas treinadoras do Cosmopolitano corriam para a menina machucada e a levavam para fora, manquitolando. Meio arrastada, Lúdi passou pela frente do grupo das meninas do Elite e, por um momento, seu olhar encontrou os olhos de Magrí.

Magrí a encarou. Apesar da dor, os olhos de Lúdi não choravam. Odiavam. O furor que seu olhar azul transmitia espantaria até um adulto. Mas não abalou Magrí. Sem nada demonstrar, a menina sustentou o ódio da adversária ferida.

Com esforço, apoiando-se numa perna só, Lúdi fez com que as treinadoras parassem na frente de Magrí e sussurrou, como se sua língua fosse uma serra elétrica:

– Desgraçada! Só assim você poderia me vencer!

A plateia gritava, aplaudia de um lado e vaiava de outro, quando Magrí acabou de esfregar as mãos com breu e encaminhou-se para a trave.

Levantou o rosto para as arquibancadas.

Como se esse movimento fosse uma ordem mágica, os gritos e comentários foram diminuindo, foram se calando, até o silêncio total tomar conta do ginásio.

Magrí, lentamente, girou o corpo, como se fosse possível encarar cada um dos torcedores. Em seguida, mantendo o suspense, encaminhou-se devagar para o local da prova. Ao levantar a perna para subir na plataforma onde estava instalada a trave, propositalmente, para que todos percebessem, falseou o pé, virando o tornozelo. Permaneceu uns segundos na mesma posição e voltou-se para a mesa onde se sentavam os juízes da competição.

Em meio ao silêncio, muitos puderam ouvir a menina declarar, com seriedade na voz:

– Também estou machucada. Desisto da prova.

Depois, voltando-se para o lado da equipe do Cosmopolitano, encontrou a figura encolhida de Lúdi e falou, sem nada esconder:

– Assim eu não quero ganhar, Ludmila. Vou esperar por você. Fique boa logo!

Da perplexidade, a plateia passou à euforia e dessa vez todos, sem exceção, ergueram-se para aplaudir o nobre gesto da atleta do Colégio Elite!

Escondido no meio do frenesi que tomava conta do ginásio ao ver Magrí afastar-se sem mancar e sem precisar fingir nenhuma contusão, Miguel não se envergonhou de deixar que uma lágrima de orgulho corresse por seu rosto.

Aquela era Magrí. Muito mais que uma pequena mulher.

* * *

Na manhã seguinte, Miguel viera para o Elite pedalando sua bicicleta, como fazia todos os dias. Entrou no pátio de estacionamento do colégio e dirigiu-se ao engradado onde se deixavam as bicicletas até o final das aulas. Ia pegando a mochila, distraído, quando sentiu um leve toque no ombro. Virou-se e sentiu-se sem ar. Ali, sorrindo, linda como sempre, estava... Magrí!

– Oi, Miguel...

O rapaz custou um pouco a recuperar a voz e acabou respondendo, baixo demais:

– Oi...

A garota olhava-o firmemente, como se quisesse ler alguma coisa em sua expressão:

– Miguel, um nome bem forte... O pessoal diz que você é o melhor aluno da classe, o mais responsável, que ajuda todo mundo...

– Bobagem! É que eu...

– Seus colegas gostam de você. Cada um deles. Eles o respeitam como a um verdadeiro líder.

– Puxa... Você falou com eles sobre mim, é?

– Tinha de falar. Pensa que eu não percebo que você não perde um treino meu?

– Não perco? Bom... é que eu gosto muito de ginástica e...

– Ontem você estava lá, no ginásio de esportes.

– Você me viu? É que a competição era muito importante para o Elite e eu...

– Não foi pela competição. Você foi lá só pra me ver, não foi?

– Bom... sim... não! É que...

Magrí aproximou-se num repente e tocou de leve com seus lábios os lábios de Miguel.

– Seu fofo! Obrigada...

E afastou-se, saltitante, deixando o rapaz a prender a respiração, como se quisesse que o ar que Magrí expirara e que havia entrado em seus pulmões nunca mais dali saísse, substituído por um oxigênio qualquer...

Depois disso, a verdade é que Miguel nem conseguiu ouvir a voz do professor na primeira aula. A imagem de Magrí ocupava cada pedacinho do seu ser e foi a custo que o rapaz conseguiu recuperar o domínio de si.

* * *

"Magrí... Ah, Magrí...", derramava-se Miguel com a foto na mão, como se suas recordações pudessem incluir a garota naquela mesma pose, abraçada aos outros quatro amigos que sorriam para ele. E comparava essas lembranças com a realidade que Magrí tinha construído ao longo da vida.

Seus pensamentos dialogavam com aquela imagem idealizada, como se ela estivesse ali, à sua frente:

"Todos nós fizemos de nossas vidas o melhor que pudemos... Mas você foi demais, minha querida Magrí..."

5. Calu

"Calu!", Miguel falava para a foto como se o amigo pudesse ouvi-lo. "Como é que alguém poderia ter ficado tão famoso quanto você? Ha, ha! Será que a Peggy não fica louca de ciúmes vendo você atracado com aquelas lindas estrelas dos filmes?"

Seu querido amigo Calu, o valente ator dos Karas, um dos mais arrojados, dos mais corajosos membros da sua fabulosa turma, havia conquistado uma fama planetária. Já havia ganhado o Oscar de melhor ator e, agora mais maduro, mas ainda derretendo os corações das espectadoras de todos os cantos do mundo, neste ano era novamente candidato ao maior prêmio da Academia de Artes e Ciências Cinematográficas de Hollywood. E ninguém, em sã consciência, apostava um centavo em qualquer dos seus concorrentes...

Atualmente, não havia atores que conseguissem cobrar cachês tão altos quanto os que Calu recebia para cada filme que aceitava fazer, e as novelas de televisão que ele havia protagonizado tinham obtido recordes de audiência que pareciam impossíveis de serem ultrapassados, a não ser que aquele galã dos sonhos femininos resolvesse fazer mais novelas.

Mas sua fortuna não era desperdiçada em carrões ou palacetes. Ele, Peggy e os filhos viviam muito bem, mas a maior parte do que ganhavam era aplicada em escolas nos países mais pobres do mundo. Calu tinha um projeto de educação pela arte que já se demonstrava vitorioso, por obter resultados muito melhores do que as técnicas tradicionais para o apoio a crianças carentes. Junto com os esforços políticos de sua bela esposa Peggy, aquele ator tão admirado dedicava a vida a salvar vidas, a espalhar a esperança em um mundo melhor, em um mundo mais justo.

– Uma das maiores carências dessas crianças é sua baixa autoestima – Calu havia dito em uma entrevista. – Fazendo arte, elas descobrem a força do seu interior, passam a gostar mais de si mesmas, a confiar mais em si mesmas. É muito mais fácil ensinar para alunos que não se sentem inferiores a ninguém!

Recentemente, depois de ter recusado milhões de dólares para protagonizar um filme que não lhe pareceu importante, Calu aparecia nos noticiários divertindo crianças doentes em um hospital da faminta Somália, sustentado por seu próprio dinheiro. Aquele belo homem, que milhões de mulheres sonhavam abraçar, abraçava-se àquelas crianças esquálidas, lutando pela vida delas e trabalhando para oferecer-lhes a alegria de viver que a dura existência lhes negava...

Como se fosse um filme protagonizado por seu velho amigo, na memória de Miguel desenrolavam-se as circunstâncias em que aquela amizade havia começado...

* * *

No final das aulas, Miguel caminhava pelos corredores do Colégio Elite para pegar sua bicicleta. De passagem, seus olhos fixaram-se num cartaz que anunciava para dali a alguns dias a estreia de mais uma peça com o elenco teatral do colégio. Seria protagonizada por um rapaz que estudava em outra classe, a quem chamavam de Calu. No cartaz estava a foto do jovem ator, de quem as alunas se referiam como o garoto mais bonito da escola. O mais bonito da cidade, segundo a maioria feminina, ou o mais lindo do mundo, de acordo com o que certa vez Miguel ouvira duas garotas cochichando depois da passagem do colega.

Mas o que interessava a todo o público, feminino ou masculino, era que aquele adolescente tinha um incrível talento para a arte de representar. Todos haviam assistido à estreia da primeira peça do ano dirigida pela professora de arte do colégio. Era uma peça para crianças em que Calu fizera o papel do vilão, conseguindo transformar as características violentas da personagem em algo patético, cheio de humor e trapalhadas. A próxima encenação seria de uma peça mais séria, e todo o Colégio Elite, professores, familiares e colegas, aguardavam o espetáculo, certos das emoções que aquele jovem ator transmitiria.

O rapaz parecia ser boa gente, mas Miguel ainda não havia tido a oportunidade de bater um bom papo com ele.

Mal saiu para a rua, uma viatura policial passou por ele voando, com a sirene ligada no máximo, percorrendo a rua que ladeava o colégio. Seu destino parecia ser uma aglomeração que Miguel via a distância. Montou na bicicleta e pedalou o mais rápido que pôde na direção do tumulto.

A rua levava a uma praça na frente de um vasto terreno baldio, cercado por altos muros. Tudo em volta, asfalto, calçadas, jardim, estava tomado por uma multidão excitada, falante, e policiais formavam um cordão humano de isolamento, tentando conter a confusão. Vans de estações de televisão já estavam estacionadas em cima da calçada. Cinegrafistas montavam seus equipamentos, técnicos desenrolavam fios de microfone e uma atenção quase histérica esticava o pescoço de todos para o alto da copa de uma árvore majestosa que erguia os galhos por sobre o muro, sombreando a calçada.

Miguel viu que parte do muro havia sido derrubada e que tratores já haviam entrado no terreno. No pé da árvore, um jequitibá gigantesco, alguns operários permaneciam atônitos e um deles empunhava uma motosserra.

Os olhos de Miguel também se ergueram e viram o que a multidão enxergava, e seus ouvidos escutaram o que a multidão escutava:

– Não saio! Daqui não desço enquanto não fizerem o que eu exijo!

Lá, bem no alto, encarapitado na última forquilha da copa do jequitibá, estava Calu. E sua voz potente de ator superava os ruídos da multidão...

– ... enquanto não fizerem o que eu exijo!

Ao lado de Miguel, um repórter encarava uma câmera e falava:

– Alô, estúdio, o intervalo comercial já terminou? Então me ponha de novo no ar, me ponha no ar!

Depois de ter ouvido alguma instrução em seu pequeno fone de ouvido, ajeitou a gravata, mexeu um pouco na gola do paletó, tocou os cabelos como se os ajeitasse e começou, já com uma voz profissional:

– Senhores telespectadores, sou Solano Magal, o seu repórter, novamente com vocês transmitindo ao vivo da praça principal do bairro onde será erguido o luxuoso conjunto residencial e comercial *The Greatest Ubirajara Fashion Mall*. Como já mostramos antes dos comerciais, este terreno na frente da praça tornou-se palco de uma confusão que paralisou os trabalhos de terraplenagem do conjunto arquitetônico. Um jovem estudante do Colégio Elite, que fica a duas quadras daqui, subiu nessa...

O operador da câmera desviou a objetiva da cara do repórter e lentamente dirigiu-a para o alto da árvore.

– ... subiu nessa árvore e recusa-se a descer. Ainda não sabemos exatamente qual a intenção desse adolescente. Um psicólogo já declarou à nossa reportagem que provavelmente se trata de um surto psicótico e que o rapaz pode jogar-se lá de cima a qualquer momento. Os operários encarregados da limpeza do terreno tiveram de parar seus trabalhos e ainda não conseguimos entrevistar os responsáveis pelo empreendimento. Vamos falar com um dos populares que parece ter estado no local desde o início da confusão. Por favor, minha senhora, pode nos dizer o que está acontecendo?

– Sei lá! Bloquearam o trânsito da rua e eu não posso passar com o meu carro! Tenho hora marcada no cabeleireiro e...

Foi interrompida por um velhote que se apossou do microfone e vociferou, sem pedir licença:

– Pois eu sei muito bem o que está acontecendo. Tudo é culpa dessa educação moderna, que anda criando uma juventude irresponsável que só pensa em bagunça! A polícia devia...

Miguel afastou-se daquela reportagem que, pelo jeito, não ia conseguir reportar coisa nenhuma, e procurou chegar o mais perto possível do muro. Um baixinho muito emproado, vestindo um paletó de cor berrante e uma gravata que berrava ainda mais, falava nervosamente para um policial que parecia estar no comando da operação:

– Sou o arquiteto que criou esse magnífico projeto. Alguma coisa precisa ser feita, e com urgência, tenente! Tenho um prazo contratual a seguir e não posso perder tempo. Esse moleque veio batendo boca com o pessoal da firma que contratamos para o desmatamento e...

Nesse instante, a voz forte de Calu superou o ruído da multidão:

– Já disse e repito: ninguém vai me fazer descer desta árvore. Ela já estava aqui antes que esta cidade começasse a existir. Nenhuma motosserra vai tocar nela! Se a árvore for derrubada serão dois crimes, pois eu vou cair junto com ela!

A pele de Miguel arrepiou-se. Ele agora entendia a intenção tresloucada de Calu. Que coragem!

Juntamente com a emoção dessa descoberta, com o canto dos olhos viu que não estava sozinho. Duas presenças o ladeavam: Crânio e Magrí. Quietos, mudos, como se esperassem alguma ordem.

Ele já havia decidido o que fazer e não precisou dizer nada. Um breve olhar para os colegas e dois leves acenos de cabeça recebidos de volta mostraram que Magrí e Crânio haviam entendido sua intenção. Miguel apenas sussurrou:

– É agora.

Num repente, os três avançaram ziguezagueando para desviarem-se dos policiais e correram para a árvore. Como atletas de circo, em instantes agarraram-se aos galhos e começaram a escalada.

– Ei! O que é isso! Segurem esses moleques aí!

Magrí, como se os galhos fossem as barras assimétricas de seus exercícios de ginástica olímpica, naturalmente galgava à frente e logo chegava ao galho onde estava Calu. Um minuto depois, Crânio e Miguel encarapitavam-se junto aos dois.

Os quatro entreolharam-se. Nenhuma palavra era necessária. Calu olhou com ternura para os três colegas a quem até aquele momento conhecia apenas de vista ou com quem havia trocado no máximo algumas palavras. Olhou como se toda aquela ação doida tivesse sido combinada. Olhou como se soubesse que desde o início contava com o apoio de cada um deles. Olhou como se os quatro sempre tivessem sido uma só unidade. Olhou como se já formassem uma turma. Solidária e inseparável.

Abaixo, na rua, por toda a praça, a balbúrdia foi por um momento substituída por uma pausa de silêncio, como se a plateia precisasse de um respiro para absorver o que estava acontecendo. Mas foi só por um segundo: para desespero dos policiais e do tal arquiteto responsável pelo desmatamento, as pessoas entenderam o que estava se passando, e da surpresa passaram ao aplauso!

Calu sorriu para os três recém-chegados:

– Obrigado. Eu sabia que vocês viriam.

Foi aí que começou a chover.

* * *

Nem a polícia, nem o exagerado arquiteto responsável, nem o desesperado dono do terreno, nem o burocrata enviado pela prefeitura, nem a enrolada firma incorporadora que construiria o tal complexo arquitetônico calculavam o quanto da teimosia daqueles quatro adolescentes eles teriam de enfrentar!

O tempo passava, a tarde chegava ao fim e a chuva não acalmava.

Naturalmente a direção do colégio e a família dos quatro empoleirados insistiam, ameaçavam com castigos e cortes de mesada, imploravam que os maluquinhos desistissem daquela loucura e fossem para casa antes de pegarem uma pneumonia com aquele tempo, mas...

Mas a quádrupla teimosia molhada e encarapitada no alto do jequitibá não demonstrava nem um pingo de ânimo de desistir do protesto. Foram inúteis as propostas berradas debaixo de guarda-chuvas dizendo que eles podiam descer, que a companhia construtora "prometia" poupar a árvore, que...

* * *

"Não, ah, não! Naquela hora ninguém seria capaz de nos enrolar!"

* * *

E o quarteto exigiu a presença de um juiz, a assinatura de uma ordem de preservação do local e uma alteração no projeto que garantisse a sobrevivência da árvore. Nem adiantou a chegada de um caminhão dos bombeiros com uma escada teleférica. Não, eles não desceriam. O máximo que eles aceitaram foi a escada chegar até eles e o bombeiro que fora erguido no alto dela entregar-lhes lanches, capas de chuva e agasalhos enviados pelos pais.

Pouco depois, de lá debaixo os quatro perceberam uma certa confusão e ouviram os enfurecidos protestos de um menino:

– Me larguem! Quero subir na árvore! Eu tenho de subir naquela árvore! Me larguem!

De seu ponto privilegiado de observação, Miguel reconheceu o pequeno rebelde:

– Chamam esse menino de Chumbinho. É um garoto divertido...

– É sim – concordou Calu. – E é valente como ele só!

– Se é! – apoiou Magrí. – Outro dia ele enfrentou uma gangue de marmanjos que estava gozando de um pobre garotinho que tinha problemas de fala.

– Você estava lá? – disfarçou Miguel, como se a presença daquela menina escapasse a ele em algum momento. – Eu também estava. Que menino incrível!

E os quatro viram dois guardas arrastarem o menino Chumbinho para longe da cena. Mas iludiam-se os repressores se pensavam já terem se livrado do garoto, pois logo ele voltava e desta vez trazendo uma dúzia de colegas que ele fora recrutar no Elite. E, a seu comando, o pequeno grupo pôs-se e bater palmas e a gritar:

– A-bai-xo a mo-tos-ser-ráää!

– Vi-va a na-tu-re-zááá!

– A-bai-xo a mo-tos-ser-ráää!

– Vi-va a na-tu-re-zááá!

Aos poucos, a manifestação foi recebendo apoios, primeiro um aqui, depois outro ali, e logo boa parte da multidão juntava-se alegremente aos protestos:

– A-bai-xo a mo-tos-ser-ráää!

– Vi-va a na-tu-re-zááá!

– Que menino incrível... – repetia Miguel, admirado com a iniciativa do pequeno Chumbinho.

A noite caiu, a madrugada avançou e os noticiários de rádio e de televisão bateram recordes de aparelhos ligados para acompanhar o desenrolar da situação.

– Aqui Solano Magal, diretamente do futuro centro residencial e comercial *The Greatest Ubirajara Fashion Mall...*

– *Facho mal?* – estranhava um curioso. – Isso lá é nome prum edifício?

– Ah, é coisa dos estrangeiros! – explicava outro. – Eles deviam é chamar de "shopping", em bom português!

– Com essa chuva – continuava o jornalista –, nossos refletores não conseguem iluminar os galhos mais altos da árvore, ocupada por quatro alunos do Colégio Elite. O que dá para ouvir é o som de uma gaitinha... Já me informaram que se trata de um tema clássico. Qual deles toca a gaitinha? Não dá pra saber, mas como toca bem!

Os apoiadores reunidos por Chumbinho haviam conseguido um pedaço grande de plástico e improvisado uma cobertura debaixo da qual podiam continuar a incentivar o quarteto encarapitado no alto do jequitibá. Com o avançar da hora, os curiosos e os manifestantes foram se dispersando. Por lá, ficaram apenas o menino Chumbinho, debaixo do plástico, os policiais, debaixo de chuva, e os quatro, em cima da árvore. Aos poucos, o silêncio impôs-se à vigília e a espera só tinha o ruído da chuva como fundo musical.

Amanheceu, a chuva cessou suavemente e o problema foi resolvido, com a chegada de uma ordem judicial de proteção da árvore e com a apresentação de uma nova planta do projeto arquitetônico que deslocava os futuros prédios de modo a deixar um belo jardim onde soberanamente imperaria o imponente jequitibá. Os papéis foram levados até os quatro ocupantes da copa da árvore pelo bombeiro da escada teleférica que já se divertia com a aventura. Tudo foi muito bem conferido lá mesmo, no meio dos galhos, e os heróis do dia concordaram em descer da árvore, recebidos alegremente por Chumbinho e sob os aplausos molhados e embasbacados dos policiais, que haviam aprendido a admirar a bravura daqueles quatro maluquinhos.

Foi uma grande vitória, mas que não livrou nenhum deles de grandes cortes nas mesadas, suspensões provisórias de muitas diversões e de dois pares de resfriados que mantiveram os quatro na cama pelo resto do dia.

E por muitas horas o Colégio Elite foi o principal assunto de todos os noticiários...

* * *

Depois daquela aventura, a vida dos quatro jovens haveria de tornar-se uma só, uma ligação única, uma amizade nascida para nunca, nunca mais se desfazer...

6. Os Karas!

"Um dia e uma noite batendo papo sentados nos galhos de uma árvore!", recordava Miguel. "Que modo mais doido de começarmos nossa amizade!"

Há anos, sua vida extremamente ocupada pouco lhe deixava tempo para recordar aquele dia tão incrível, mas agora a foto dos amigos puxava-lhe uma lembrança atrás da outra: depois da louca aventura em defesa da árvore, os quatro haviam passado a praticamente viver juntos, pensar juntos, sonhar juntos. Como sua ligação havia começado de uma maneira tão pouco comum, a eles parecia normal que a amizade continuasse heroica, com os quatro mergulhados nas maluquices que brotavam de suas fantasias. Inventavam-se como uma turma secreta de justiceiros, encarregados da defesa de tudo que merecesse ser defendido. Mesmo que esse "tudo" só existisse em suas prodigiosas imaginações...

"Nossa turma nasceu em cima de um jequitibá! Começou lá no alto e foi longe, foi muito longe..."

* * *

No início, haviam inventado uma série de sinais para comunicarem-se "secretamente". Mas, no Colégio Elite, estavam sempre no meio de multidões. Como poderiam formar uma turma *realmente* secreta?

– Precisamos encontrar um local que só a gente conheça, senão todo mundo vai saber de nossos planos!

Assim fabulavam eles, até que Calu reuniu a turma num canto da quadra descoberta num dia de chuva, para poderem trocar ideias sem ouvidos "inimigos" por perto. Excitadamente, com os olhos brilhando e o uniforme molhado, o rapaz revelou sua descoberta:

– Pessoal, encontrei o lugar mais secreto deste mundo! Logo ao lado do vestiário masculino, tem um quartinho onde as faxineiras guardam baldes, vassouras, essas coisas. É um lugar pequeno demais e, em cima, no teto do quartinho, há um alçapão. Subi até lá e...

E assim os quatro amigos encontraram seu esconderijo secreto. O tal quartinho das vassouras normalmente ficava esquecido e aqueles meninos só precisavam de poucos segundos para entrar ali, escalar as prateleiras dos materiais de limpeza e empurrar a tampa do alçapão, para atingirem o amplo forro do vestiário masculino. Era um lugar empoeirado, ainda com restos de materiais de construção, mas iluminado por uma série de telhas transparentes, que deixavam entrar a luz do dia. Numa urgência, o esconderijo até poderia ser usado à noite, desde que houvesse lua cheia para iluminar o sótão através das telhas de vidro.

– Ora, pra essas ocasiões, a gente pode deixar umas lanternas aqui, não é?

– Ah, é? E como é que a gente vai se reunir aqui à noite, quando o colégio estiver fechado?

– Nunca se sabe, Magrí, nunca se sabe... Se for preciso, a gente dá um jeito!

Fosse de dia ou fosse à noite, os quatro adoravam tudo o que era livro de aventura, de mistério, de detetive e fuçavam os estoques das locadoras e os *sites* da Internet em busca de filmes de ação, daqueles que fazem a gente roer as unhas de tanto suspense. Assim, a partir desses livros e desses filmes e com os devidos acréscimos da criatividade do quarteto, foi se desenvolvendo a turma secreta, tão secreta que ainda não tinha nome...

* * *

– Seremos espiões! – sugeriu Calu. – Agentes secretos!

– Isso! Nada nos fará recuar! – acrescentou Magrí. – Não seremos como esses caretas acomodados que só pensam no próprio umbigo e nem querem saber dos problemas dos outros!

– Nossa amizade é a nossa força! – rematou Crânio. – Vamos lutar contra todas as injustiças! Não somos como esses coroas que já desistiram de tudo e não querem mais nada com nada!

Escondidos no forro do vestiário masculino do Colégio Elite, a excitação da proposta conquistava a todos e Miguel completou:

– Está decidido! Temos de formar uma turma secreta. Ninguém pode desconfiar de nós. É a única maneira de podermos agir à vontade, sem que ninguém desconfie.

– Isso! – apoiou Calu. – Mas seria bem legal se a nossa turma tivesse um nome.

– Concordo – apoiou Crânio. – Tem de ser um nome também secreto, cara!

– Seria bem divertido! – ajuntou Magrí.

– Mais que isso. Seria *estratégico*! – acrescentou Calu.

Miguel pensou por um momento. A ideia vinha a calhar. Mas que nome eles poderiam escolher?

– O Quarteto Valente! – propôs Magrí.

– A Liga da Justiça! – sugeriu Calu. – Como no cinema!

Crânio sorriu silenciosamente, sem nada dizer, e Miguel balançou a mão, afastando os palpites:

– Acho que não. Tem de ser um nome que não dê na vista. Nada dessas coisas comuns feito...

– Feito coisa de criança... – completou Crânio, e Calu fuzilou o amigo com o olhar.

Magrí interrompeu a troca de provocações:

– É até melhor que seja meio comum, cara, pra não dar na vista!

Miguel sorriu:

– Cara? Outra vez *cara*? Está bem, vamos escolher então um nome que não dê muito na vista. Vamos ser... a Turma dos Karas!

Os três se entreolharam. A proposta não parecia lá grande coisa.

– Caras? – estranhou Calu. – Isso é comum demais...

– E é mesmo – retomou Miguel, com segurança. – Se nossos esquemas de segurança alguma vez falharem e o nome da nossa turma ficar conhecido por alguém, nem vai dar na vista. Se alguém disser "são aqueles caras ali", ninguém vai desconfiar de nada. Mas só nós saberemos que não somos uns "caras" quaisquer. Somos os Karas com K: *os Karas*!

– E o que é que isso muda?

– Não percebem? Magrí não disse que não podemos ser como esses caretas acomodados? E Crânio não falou que não devemos ser como esses coroas que já desistiram de tudo? Pois então seremos os Karas, o avesso dos coroas, o contrário dos caretas: os Karas!

Dessa vez, Magrí, Crânio e Calu entreolharam-se de um modo diferente. A ideia havia criado um clima de excitação entre eles, como se a proposta de se tornarem diferenciados dos velhos coroas desanimados da vida, ou dos jovens caretas acomodados e escravizados pelas modas, tivesse o efeito de uma mágica, de algo sobrenatural que os transformava em super-heróis.

– O con-trá-ri-o dos co-ro-as... – Crânio silabou, avaliando a força da definição.

– O a-ves-so dos ca-re-tas... – continuou Calu, emocionado, com os lábios quase tremendo.

– Os... Os Karas! – exclamou Magrí por fim, com o rosto corado de excitação.

Lentamente, os quatro aproximaram-se, levemente tocaram-se e acabaram agarrando-se num abraço único, intenso, que selava para sempre a amizade que haveria de manter juntos aqueles adolescentes...

* * *

A turma de agentes secretos agora tinha um nome. E tinha um chefe.

Nas reuniões, os olhos de Miguel fixavam-se em cada um dos companheiros e ele falava baixo, calmo, mas com um tom de decisão que Calu, Magrí e Crânio já conheciam muito bem:

– Karas, tenho de advertir a todos vocês que a vida de cada um estará em perigo nesta missão. É muito provável que um de nós, ou até mesmo *todos* nós, não voltemos com vida.

Um silêncio compenetrado mantinha a tensão.

– Estão dispostos a enfrentar mais este desafio?

– Estamos! – respondiam imediatamente os três, a uma só voz.

– Então...

Às vezes, quando Miguel ia continuar com algum novo plano, soava a campainha do final do intervalo no Colégio Elite, que punha fim à reunião dos Karas em seu esconderijo secreto, precipitando todos eles alçapão abaixo, para não chegarem atrasados à aula.

Até o próximo intervalo, as *tremeeeendas* ameaças dos *traiçoeeeeiros* inimigos da humanidade estariam em suspenso e a vida dos quatro agentes secretos não correria risco algum...

7. O Código Vermelho

Miguel ria-se ao reler a mensagem escrita sobre a foto: "Como a gente se divertia com os códigos inventados pelo Crânio! Que momentos fantásticos foram aqueles! E nós quatro estávamos certos de manter nossas reuniões, invenções e códigos no mais fechado dos segredos... Segredos? Ah, que nada! O danado do Chumbinho nos espionava, descobria tudo e a gente nem desconfiava! Mais tarde ele nos contou dos seus 'métodos de espionagem'. Que espertinho!"

* * *

– Karas, ninguém pode desconfiar de nossa missão – alertava Miguel. – Os agentes secretos do inimigo vigiam cada um de nossos passos. Nossos segredos precisam ser protegidos!

Magrí entendia perfeitamente a gravidade da situação:

– Mas e quando precisarmos nos comunicar uns com os outros no meio de outras pessoas?

– Bom... – lembrou Calu. – Temos nossos sinais combinados e...

– Isso não basta – continuou a menina. – Tem horas em que a gente precisa dizer alguma coisa mais complicada, e só com gestos não dá!

– Tem um jeito – propôs Crânio, que, embora o problema fosse de todos, sempre se achava na obrigação de tomar cada desafio de modo pessoal. – A gente poderia falar de trás pra frente...

– De trás pra frente?! Como assim?

– É licáf. Atsab raniert etnatsab euq a etneg ogol es amutsoca!

Calu riu-se:

– Ora, mas que loucura! Isso é muito difícil! E se a gente tiver de dizer, por exemplo, "anticonstitucional"?

– É ós rezid lanoicutitsnocitna... – disse Crânio, na hora.

Miguel teve de parar de rir antes de resolver:

– Muito difícil, Crânio. Não dá. Temos de ser mais criativos...

* * *

No dia seguinte, logo no início das aulas, Crânio apareceu com um K escrito a tinta dentro de um círculo na palma da mão esquerda, abrindo-a e fechando-a rapidamente cada vez que passava pelos outros três amigos, e continuou seu caminho, como se nem os conhecesse.

Aquele era um dos mais importantes dos sinais secretos. Significava "Emergência máxima" e obrigava a turma a reunir-se no esconderijo na primeira oportunidade que, naturalmente, seria o próximo intervalo.

Foi assim que, quando o alçapão do forro do vestiário masculino do Colégio Elite fechou-se depois da entrada do quarto membro da Turma dos Karas, a expressão do Crânio iluminou-se e ele quase elevou a voz, coisa que nenhum deles podia fazer quando estavam reunidos no forro do vestiário masculino:

– Problema resolvido, Karas! Entre nós, vamos falar em alemão!

Magrí franziu as sobrancelhas:

– Ué... mas que bobagem! Essa língua eu falo muito bem, mas tem gente aqui no Elite que também entende alemão perfeitamente.

– Não é bem alemão, Magrí – Crânio estava excitado com a própria ideia. – Vamos chamar de finlandês, de qualquer coisa, vamos chamar de... de Código Vermelho, por exemplo!

– Vamos chamar *o que* de Código Vermelho, Crânio? – apressou Miguel.

– Olha, Karas, vai ser uma maneira ótima e até gozada de se falar. Quebrei a cabeça em casa e inventei um processo bem simples. É só a gente treinar, que fica tão fácil quanto a língua do P!

– Língua do P?! – surpreendeu-se Calu. – Que gozação é essa?

Magrí resolveu brincar:

– Pe-que pe-go-pe-za-pe-ção pe-é pe-e-pe-ssa? Isso é bobo demais. Até minha avó entende!

Crânio deu uma risadinha marota, fez um segundo de suspense e disparou:

– Énter sómber ais genterntenter trenterinisnaisr, quenter finiscais tãisomber fáiscinisl quaisntomber ais línisngufterais domber Penter!

A boca dos três amigos abriu-se ao mesmo tempo e fechou-se também ao mesmo tempo para que os três pudessem exclamar:

– O quê?!

– Que loucura é essa? Só entendi o "pente" do final...

– Crânio, você ficou maluco?

Não, Crânio não tinha enlouquecido. Tinha acabado de inventar um código muito eficiente, que acabaria transformando a brincadeira em uma linguagem secreta que haveria de ajudá-los num futuro próximo que nenhum deles, naquele momento, tinha condições de prever:

– Moleza, Karas! – explicou o inventor. – Basta trocar *A* por *AIS*, *E* por *ENTER*, *I* por *INIS*, *O* por *OMBER* e *U* por *UFTER*. É só treinar que fica fácil!

Ficou mesmo. Os quatro Karas ensaiaram e, dali para a frente, ferviam a cabeça dos colegas do Colégio Elite com suas conversas incompreensíveis:

– Omberinis, Caislufter. Denterscomberbrinis ufterm finislmenter genterninisaisl nais lombercaisdomberrais. Énter "Ais gufterenterrrais domber fombergomber". Paisssenter enterm caissais homberjenter àis taisrdenter prais gentern-tenter aisssinisstinisr jufterntombers.

– Combermbinisnaisdomber, Crâisninisomber...

No pátio do recreio, os quatro divertiam-se ao ouvir os comentários a sua volta:

– O que esses dois estão falando, hein?

– Que língua é essa?

– Sei lá...

Até que aparecia um, metido a sabido:

– Ora, você não sabe? Isso é javanês. Meu avô fala isso perfeitamente...

– Ah...

– E você? Sabe falar?

– Meu avô está me ensinando...

* * *

Devido a esses comentários, o quarteto logo decidiu não abusar do uso do Código Vermelho:

– Isso não é nenhuma brincadeira, Karas! – orientava Miguel. – Se ficarmos usando o código a toda hora, na frente de todo mundo, vamos acabar provocando muita curiosidade. Para nos mantermos *secretos*, precisamos ser também *discretos*!

Mesmo tomando todas as precauções, havia momentos em que tinham de dar algum recado urgente no meio do pátio do Elite. Esses momentos eram raros e eles só usavam o código em voz bem baixa, mas havia um menino que não perdia nenhuma chance de bisbilhotar aqueles murmúrios:

"Hum... Caislufter? Ora, vocês pensam que são muito espertinhos, é? Sempre vêm com Caislufter quando falam com o Calu? Quer dizer que *AIS* fica no lugar do *A* e *UFTER* no lugar do U? Ha, ha, eles trocam as vogais por sons malucos! É isso! Vamos em frente... Falam Maisgrinis para a Magrí. Então, se *A* eu já descobri que é *AIS*, *INIS* é *I*. Pronto! Agora só falta o *E* e o *O*! Para o Crânio, ele dizem Crâisninisomber. Já achei o *O*: é *OMBER*. E o *E* é..."

E logo o Código Vermelho deixara de ser secreto para mais um dos alunos do Elite...

* * *

Estavam no sótão do vestiário, reunidos no esconderijo secreto e como sempre sentados sobre os calcanhares. Mesmo sem ninguém por perto que pudesse ouvi-los, falavam em Código Vermelho, só para treinar um pouco e para muito se divertirem:

– Ombers aisgenterntenters sentercrentertombers domber inisninisminisgomber nãisomber pomberdenterm saisbenterr denter nomberssombers plaisnombers, domber comberntráisrinisomber enterstaisrentermombers penterrdinisdombers! – informava Magrí, com um ar misterioso, bem próprio para o momento da brincadeira.

– Denterventermombers tombermaisr omber maisinisomberr cufterinisdaisdomber, pomberrqufterenter... – ia dizendo Crânio, quando Calu o interrompeu, em bom português:

– Karas, isso é muito divertido quando a gente tem de falar alguma coisa com bisbilhoteiros em volta, mas é complicado para uma mensagem escrita. Fica comprido demais. Vamos ter de criar alguma coisa mais curta que sirva para ordens secretas, bilhetes, essa coisa toda!

– É verdade – concordou Miguel. – Pra escrever em Código Vermelho a gente gasta muito tempo. Quando estivermos em perigo e precisarmos alertar os outros Karas, não teremos tempo de ficar trocando vogais...

Crânio franziu as sobrancelhas, no fundo se recriminando por não ter pensado nisso antes. Mas nada disse.

– Proponho o fim de nossa reunião, Karas – encerrou Miguel. – Nossa missão agora será criar um novo código que possa ser usado em mensagens escritas.

Era o final da reunião. Os Karas tinham agora uma difícil tarefa a realizar.

8. O Código Morse

"O novo código...", lembrava Miguel, recuperando detalhes daquele filme que ele mesmo estava reprisando na tela de sua memória a partir da foto que os amigos lhe tinham enviado. "Eu fiz os Karas quebrarem a cabeça com aquele desafio! O Crânio depois disse que nem conseguia dormir direito pensando naquilo. E nem foi ele que resolveu a parada... Foi divertido. Ah, como foi divertido!"

* * *

Inventar um novo código sem mais nem menos era um desafio complicado. Tanto que nem houve reunião dos Karas no dia seguinte. Nos intervalos das aulas, ao se cruzarem no pátio, apenas se olhavam rapidamente e cada um seguia seu caminho, como se nem se conhecessem.

Miguel soube depois que quem mais se remoía era o Crânio. O Código Vermelho que ele criara havia se demonstrado insuficiente para proteger os segredos dos Karas, e ele se sentia na obrigação de criar um novo modo de comunicação secreta antes dos outros Karas. Em casa, tinha gastado horas pensando, tentando, pesquisando, mas não conseguia chegar a uma boa solução.

O líder dos Karas também topou a parada. Dois dias depois daquela reunião, Miguel refugiava-se num canto do pátio de recreio, com um caderninho nas mãos, procurando uma fórmula simples de substituição de letras, quando Magrí passou por ele. Sem nem desviar o rosto para o amigo, a menina abriu rapidamente a mão esquerda em sua direção e imediatamente a fechou, seguindo seu caminho. Mas Miguel teve tempo de ver que, na palma da mão de Magrí, desenhado a caneta, havia um K dentro de um círculo: a marca dos Karas, a convocação de um encontro urgente, o sinal de Emergência Máxima e a hora de ir para o esconderijo secreto o mais rápido que pudessem.

Disfarçou, fingiu que ia aos bebedouros, aproximou-se do prédio dos vestiários e logo desaparecia no quartinho das vassouras, galgava as prateleiras e jogava o corpo pelo alçapão. Lá em cima, já sentados à sua espera, estavam os outros três.

Miguel tomou seu lugar e começou:

– Karas, eu também estou trabalhando seriamente na tarefa e...

Calu ergueu a mão e interrompeu:

– Um momento, Kara. Quem convocou a reunião foi a Magrí.

Miguel olhou para a colega. Magrí estava com uma expressão marota, iluminada. Estranhamente, seus lábios fizeram biquinho e ela começou a emitir pequenos assobios, quase uns soprinhos:

fiiii
fi
fiiii-fi
fi-fi-fi-fi
fiiii-fiiii-fiiii...

fi-fi-fiiii
fiiii-fiiii
fi-fiiii

fi-fi
fiiii-fi-fi
fi
fi-fi
fi-fiiii...

"O Código Morse!", Miguel lembrou-se na hora. "Por que não pensei nisso?"

Antes que o pessoal estranhasse, com um delicioso sorriso nos lábios, Magrí explicou:

– Esse é o código Morse, Karas. Com os assobios, eu acabei de dizer que tenho uma ideia. Esse código foi inventado há quase dois séculos para uso dos telegrafistas.

Como hoje nem há mais telegramas, ele não é mais usado, mas é ótimo pra gente. Baseia-se numa fórmula bem simples: o abecedário é substituído por traços e pontos para comunicação por escrito, ou por ruídos longos e curtos para mensagens sonoras. É só a gente decorar os sinais de cada letra, que fica fácil passar bilhetes. Vejam como é... [4] – Abriu uma folha de papel e mostrou aos amigos a tradução do antigo Código Morse.

– Eu conheço o Morse, só não me lembrava dele – confessou Calu, examinando o papel. – É por isso que os sinais de socorro são feitos com as letras ***S***, ***O*** e ***S***. As letras ***S-O-S*** não significam iniciais de coisa nenhuma. Apenas são três letras fáceis de serem enviadas em Morse: três sinais curtos, três longos e três curtos de novo. Sopa pra qualquer um decorar!

Foi um sucesso! O novo código renovou as brincadeiras e a alegria das comunicações entre os Karas. Todos trataram de decorar tudinho bem rápido e era só papelzinho que rolava de um lado para o outro, com mensagens trocando

4 O Código Morse foi um dos mais usados em telegrafia no passado. A comunicação é feita por batidas, por clarões ou até por escrito. Tudo não passa de uma combinação de pontos e traços, ou batidas curtas e longas:

A	B	C	D	E	F	G	H	I	J
.–	–...	–.–.	–..	.	..–.	––.	....	..	.–––
K	L	M	N	O	P	Q	R	S	T
–.–	.–..	––	–.	–––	.––.	––.–	.–.	...	–
U	V	W	X	Y	Z				
..–	...–	.––	–..–	–.––	––..				
1	2	3	4	5	6	7	8	9	0
.––––	..–––	...––	....–	.....	–....	––...	–––..	––––.	–––––

de mãos a toda hora e comunicando qualquer ideia maluca que lhes ocorresse. A partir daí, os Karas podiam trocar bilhetes sem que ninguém pudesse entender o que estava escrito, se por acaso o papelzinho caísse em mãos erradas...

* * *

Na primeira noite depois da reunião de Emergência Máxima em que Magrí havia sugerido aquele novo código à turma, Miguel foi para a cama pensando nos biquinhos que a menina fizera na ocasião, imitando os sinais do Morse...

"Que charme..."

E pegou no sono recordando os pequenos ruídos que ela fazia com os lábios como se fossem beijinhos oferecidos a ele...

"Magrí... Ah, Magrí..."

Na profundidade do sono, perseguidos por uma tribo de ferozes canibais, Magrí e ele tiveram de atirar-se nas águas do Rio Nilo, infestado de crocodilos. Nadaram desesperadamente, mergulhando para escapar das lanças que os selvagens atiravam. As lanças afundavam ao seu redor, arranhando-lhe a pele, mas Miguel conseguia segurar o fôlego. A seu lado, Magrí nadava como uma sereia. Tinham de esquivar-se de todos os perigos, das lanças, de piranhas, dos crocodilos e, estranhamente, até de tubarões que, por estarem fazendo parte de um pesadelo, não sabiam que as águas dos rios não servem para os grandes peixes do mar. Finalmente, a dupla emergiu perto da margem, somente para cair nas mãos de uma tribo de pigmeus encolhedores de cabeças! Logo agarrados e amarrados, os dois foram colocados de molho num enorme caldeirão erguido em cima de uma fogueira! Miguel sabia que não havia como escapar e seu destino seria perecer amarrado à menina... Nesse momento, porém, Magrí aproximava sua boquinha de sua boca, colava seus lábios aos dele e começava a beijá-lo sofregamente!

Um beijinho curto...

Dois curtos e um longo...

Um longo...

Um curto...

Um curto e um longo...

Dois longos...

Três longos, profundos, profundos, apaixonados...

E o rapaz entendeu perfeitamente o que aquela fantástica menina queria confessar-lhe com aqueles beijos na hora em que se despedia da vida...

Infelizmente, justo quando ele se preparava para responder com toda a paixão que a confissão merecia, o despertador estrilou na mesa de cabeceira, esfumaçando o sonho e informando que era hora de cair fora da cama para não perder a primeira aula...

Miguel levantou-se e correu para o chuveiro.

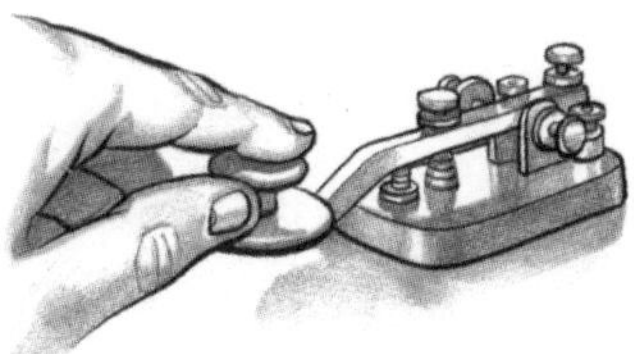

9. O Código Tenis-Polar

"Segredos!", lembrava Miguel sem tirar os olhos da foto. "Ah, formávamos uma turminha secreta, uma turminha cheia de segredos... Segredos pra todo o mundo, menos para um camaradinha sabido como o Chumbinho. Nem sei como pudemos demorar tanto para aceitar esse garoto como um Kara de verdade. E ele próprio se incluiu na turma, mesmo contra a nossa vontade. Ah, esse garoto era o mais esperto de todos nós! Depois que ele entrou para os Karas, foi até difícil acreditar quando ele contou os truques que usava pra nos espionar! Como poderíamos ter segredos para o Chumbinho?"

A foto dos amigos continuava trazendo de volta à memória de Miguel aqueles momentos inesquecíveis de sua adolescência. Releu a estranha dedicatória:

C E N T E R L P O M B E R C E N T E R M
I N I S G O M B E R L P O M B E R ,
M A I S G U F T E R O M B E R N !

"Vamos lá... primeiro aplicamos o Código Vermelho... É só substituir *AIS* por *A*, *ENTER* por *E*, *INIS* por I, *OMBER* por *O* e *UFTER* por *U*... Pronto! Sobrou *CELPO CEM I GOLPO, MAGUON!* Agora só falta aplicar o Código Tenis-Polar para saber que esses fantásticos amigos continuam sempre ao meu lado... Que código genial o Crânio inventou! Lembro muito bem: ele nos apresentou a ideia como um desafio às nossas inteligências... E como foi difícil decifrar essa invenção!"

* * *

Crânio aproximara-se da área dos vestiários caminhando devagar, mãos nos bolsos, mostrando-se distraído, mas na verdade espreitando em volta até ter certeza de que nenhum dos colegas que zanzavam ao redor estivesse prestando atenção nele. Quando achou que estava tudo bem, desapareceu pela portinha que ficava ao lado da entrada principal do vestiário masculino.

* * *

Por mais cuidado que tivesse, porém, o gênio da Turma dos Karas não percebeu, atrás de uma coluna, um par de olhos que havia acompanhado cada um de seus movimentos. Um garotinho, o dono do par de olhos, sorriu por trás da coluna e disse para si mesmo:

"Pensa que pode me enganar? Qual é a próxima missão dos Karas, hein, Crânio, seu sabe-tudo?"

* * *

Sem desconfiar que estava sendo espionado, Crânio fechou a portinha atrás de si. Estava no pequeno quarto que servia para guardar vassouras e outros materiais de limpeza. Apoiou um pé numa prateleira, uma das mãos em outra mais alta e, com um impulso, alcançou a beirada do alçapão que era a única entrada para o forro de concreto. Deslocou a tampa do alçapão e agilmente o gênio da Turma dos Karas jogava o corpo para cima, entrando em seu secretíssimo esconderijo.

Calu já estava lá. Agora era só esperar que a turma estivesse completa, pois Miguel e Magrí não tardariam a aparecer. Nenhum dos dois disse qualquer palavra, à espera de a turma estar completa. Em silêncio, Crânio tirou a célebre gaitinha do bolso e ficou soprando-a suavemente, fazendo com que o som reverberasse somente dentro de sua sensibilidade.

Poucos minutos antes, havia circulado pelo pátio do recreio, e disfarçadamente abrira e fechara a mão esquerda quando passava perto de Miguel, de Magrí e de Calu, mostrando o K, desenhado dentro de um círculo. O sinal de um encontro urgente, a "Emergência Máxima"!

* * *

Lá fora, os ruídos do recreio penetravam abafados pelo forro de concreto. Por isso, ruídos externos não perturbavam as reuniões dos Karas, nem mesmo aquele arrastar-se cuidadoso do pequeno corpo que havia galgado o cano de uma calha atrás do vestiário e que agora encarapitava-se no telhado, acima deles.

Com o uniforme sujo de tanto esfregar-se pelas telhas, o pequeno espião esperava, também sabendo que nada seria discutido antes da chegada de Magrí e de Miguel.

Sorrindo, excitado, o pequeno intruso ergueu só um pouco uma das telhas.

"Vai ter coisa...", pensava o espiãozinho. "Pelo jeito essa reunião vai acabar numa aventura daquelas!"

Não precisou esperar mais, pois um leve ruído denunciava a abertura do alçapão. Pela fresta da telha, o intruso viu que Magrí e Miguel juntavam-se aos outros dois.

* * *

Completada a turma, Crânio mostrou uma pequena bola de papel, junto com um ar de mistério:

– Karas, Emergência Máxima! O que vai ser discutido aqui será um segredo que deverá ser guardado com nossa própria vida!

* * *

Naquele momento, porém, e como já estava acontecendo há algum tempo, tudo o que fosse discutido na reunião dos Karas não seria segredo. Pelo menos para aquele pequeno espião...

"Fiquem sossegados, Karas...", pensava o espiãozinho. "Guardarei esse segredo com minha própria vida também!"

* * *

A criação daquela turma de jovens aventureiros passara a orientar praticamente todas as atividades dos quatro. Qualquer evento poderia justificar uma reunião de "Emergência Máxima", onde a imaginação corria solta. Se a escola organizava uma excursão de estudo do meio em algum trecho da mata atlântica, lá iam eles para uma "perigosa missão" no coração da África. Um trabalho de geografia que demandasse consulta ao atlas virava a descoberta da localização de "uma civilização perdida" ou de mapas de tesouros enterrados pelos piratas do Capitão Barba-Roxa. Resolver listas de exercícios de matemática nada mais poderia ser do que a decifração de misteriosos códigos que haviam sido criados pelos espiões da Tranzibônia ou do Babaluquistão...

– Karas, o espião Elias,[5] disfarçado de professor de matemática, acaba de nos passar um criptograma. Temos de descobrir o valor de X até amanhã, se temos amor a nossa vida!

– É um mistério de primeiro ou de segundo grau, Miguel?

---

[5] Ver *Pântano de sangue*.

– Um mistério de máximo grau, Calu, de um grau explosivo!

Na hora dessas brincadeiras, Miguel exercia seu papel de líder, propondo a transformação dos eventos mais corriqueiros nas mais mirabolantes aventuras, e os outros três amigos não ficavam para trás, sugerindo novas maluquices que transformavam qualquer tarefa escolar em momentos dos mais divertidos.

Mas as invenções de Crânio eram uma parada dura de resolver! Por isso, naquela reunião que Crânio havia convocado no esconderijo secreto, os outros três sabiam que o jovem gênio dos Karas apresentaria uma nova inspiração, e das mais ousadas...

* * *

No telhado, espiando pela fresta das telhas, mais alguém participava daquela reunião secreta. Participava *secretamente*, é claro...

* * *

Exibindo a bolinha de papel na palma da mão sobre o K desenhado a caneta, Crânio começou seu relato, com solenidade na voz:

– Karas... Convoquei essa reunião de Emergência Máxima porque um de nossos agentes me passou uma mensagem em código. Se não conseguirmos decifrá-la, nosso destino já está traçado: não escaparemos das garras do inimigo!

Os outros permaneceram calados, aguardando a continuação do discurso de Crânio. Já conheciam muito bem aquele jeito do amigo e sabiam que ali estaria mais uma de suas brilhantes criações.

– O perigo está a nossa espreita, Karas – continuou Crânio. – E pelo jeito esta pista é fundamental. Aqui está ela... – E jogou a bolinha de papel no chão. – Tratem de decifrar a mensagem se têm amor à própria vida!

Levantou-se e encaminhou-se para o alçapão.

– Mas qual é a chave? – perguntou Magrí.

– Não sei – declarou dramaticamente o jovem. – O agente que me passou a mensagem só conseguiu me dizer uma frase antes de morrer...

Fez uma pausa de suspense e nenhum dos três amigos o apressou, pois sabiam que aquilo estava planejado por Crânio para o grande final do seu plano. E ele não se fez de rogado:

– Junto com seu último suspiro, o agente só conseguiu dizer: "Cinco calçados não servem para o gelo"...

E logo o gênio dos Karas desaparecia alçapão abaixo, deixando o desafio nas mãos dos amigos.

– Oba! – aplaudiu Calu. – Essas bolações do Crânio são demais! Aposto que a gente vai ter uma trabalheira danada de boa pra destrinchar essa!

Excitados, antegozando o prazer de mais aquela brincadeira, Calu e Magrí debruçaram-se por sobre os ombros de Miguel para ler o que continha o pedaço de papel que ele desamassara.

E ali estava escrito:

RO E IGOLPO Ó ROCSOPE DOVO IGAS OM ROGSODE ORPIS TSELPE TSI NUPI O DO LIDI POS MODE

* * *

"Que joia! Um novo código!", adivinhava o pequeno espião em cima do telhado. "O Código Vermelho eu já saquei. Entendo tudo o que esses Karas dizem quando ficam com *ômbers* e *úfeters* lá no pátio, pensando que me enganam. Mas como eu vou saber o que está escrito nesse papelzinho? E que chave é essa de que o Crânio falou? Não deu pra entender direito... Parece que ele disse alguma coisa com 'pelo', ou com 'gelo'... ou teria sido 'cabelo'? Sei lá!"

* * *

Os três Karas sabiam que Crânio não lhes perdoaria se não conseguissem decifrar o novo código, mas aquela tarefa não parecia das mais fáceis.

– Essa é dura mesmo, Karas – comentou Calu, balançando a cabeça. – O Crânio deve ter quebrado a cabeça pra bolar essa sopa de letrinhas!

– É... – brincou Magrí. – Mas agora quem vai ter de quebrar a cabeça somos nós!

Pegaram folhas de papel e começaram a escrever e reescrever as duas frases do papelzinho, separando letras e combinando-as na tentativa de destrinchar aquelas palavras sem sentido. Mas ainda estavam na mesma quando a campainha do Colégio Elite assinalou o reinício das aulas e fez com que todos eles saíssem apressados pelo alçapão, deixando a decifração da mensagem para depois.

* * *

Logo que o forro ficou vazio e o último Kara fechou a tampa do alçapão atrás de si, algumas telhas foram deslocadas e um corpo miúdo espremeu-se no meio das ripas e dos sarrafos, descendo para o forro, sem um ruído.

Rapidamente, o pequeno intruso vasculhou as folhas de papel ali deixadas pelos quatro Karas e copiou as frases do código em uma caderneta.

Em um minuto estava de volta ao telhado, recolocava as telhas no lugar e arrastava-se para o cano da calha por onde havia subido até ali.

* * *

Durante a aula seguinte, Miguel, Calu e Magrí misturavam o que ouviam dos professores com a estranheza daquela mensagem tão difícil de compreender:

– As viagens dos navegantes europeus para o Brasil...

"... não servem para o gelo..."

– Os aracnídeos possuem oito patas, enquanto os insetos..."

"... cinco calçados... com mais três, calçariam uma aranha..."

Só Crânio sorria, triunfante: havia inventado um código que nem os Karas estavam conseguindo decifrar!

* * *

Em outra sala, a professora estranhou:

– Chumbinho, o que houve com o seu uniforme? Parece que você esteve numa mina de carvão!

– Nada, professora... é que eu caí... hum... no futebol...

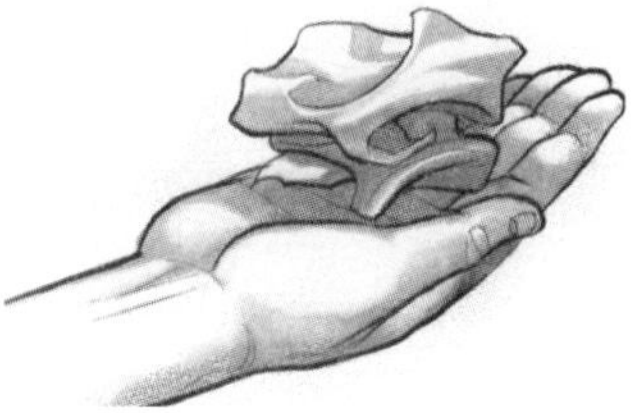

10. Um trabalho para os Karas

No amplo gabinete, o texto do discurso que Miguel deveria revisar não conseguia conquistar-lhe a atenção. A luz do monitor projetava uma sombra azulada na foto que permanecia em suas mãos, e ele sorria com a lembrança do desafio do seu genial amigo:

"Os códigos dos Karas! Que tempos aqueles! De todas as invenções do Crânio, a ideia da troca de letras foi a mais criativa! Que dureza decifrar aquela maluquice!"

* * *

Durante o restante do dia em que haviam recebido o desafio do novo código inventado por Crânio, nem Miguel, nem Magrí, nem Calu tinham encontrado tempo para lidar com ele, ocupados com suas tarefas escolares e com os diferentes cursos que cada um frequentava durante as tardes. Separados, pensavam no desafio cada vez que podiam, é claro que pensavam, mas, para decifrá-lo, era preciso que estivessem juntos. E só conseguiram encontrar-se no esconderijo secreto na hora do primeiro intervalo do dia seguinte.

Miguel abriu a reunião reescrevendo as letras do código separadamente em uma folha de papel e Calu lia com atenção, compenetrado, fazendo também suas anotações:

– É claro que esse é um criptograma – afirmou Miguel. – São letras trocadas, na certa.

Magrí raciocinava, também fazendo suas cópias:

– Hum... Tem muito ***I*** repetido... Pode estar no lugar de ***A*** ou de ***O***, que são as letras mais comuns da nossa língua, mas também tem muito ***O***... Bom, mas não vai dar para ir adiante sem decifrar a chave do código.

– Vamos examinar a pista do Crânio, Karas – começou Miguel. – A primeira pista é...

– *Cinco calçados* – sugeriu Magrí.

– Isso não somos nós, que somos quatro – raciocinou Calu. – E o que seria, então?

– Vamos supor que sejam cinco letras.

– Tá bom, Magrí. Cinco letras. Letras *calçadas*? Não tem lógica.

– *Calçado*? Isso tem sete letras...

– Acho que a chave são duas pistas diferentes: *cinco calçados* e *não servem para o gelo.*

– Se forem duas palavras, a ideia do Crânio deve basear-se em um anagrama ou criptograma que troca letras entre duas palavras – continuou Miguel. – Mas que palavras são essas?

– Magrí supôs que *cinco* informa que essas palavras têm *cinco* letras cada – lembrou Calu. – Qual calçado tem cinco letras?

– Bom, sapato pra gelo é patim, oras! Com cinco letras e tudo!

– É, mas a pista diz que o tal calçado "não serve para o gelo" e patim é sapato de gelo, ora essa!

– Mas há outro calçado com cinco letras!

– Qual?

– *Tênis*, é claro!

Magrí exultou:

– É isso mesmo, Calu! É claro que *tênis* não serve pra andar no gelo!

– Boa! – ajuntou Miguel. – Acho que é isso mesmo. Se for *tênis*, já temos a primeira palavra do código! É claro que usaremos *tenis* sem o acento. Vamos continuar...

* * *

No mesmo intervalo, Chumbinho havia encontrado um canto do pátio para isolar-se da confusão dos alunos. Sentado no chão, sobre as pernas, empunhava a cadernetinha e lamentava:

"Que azar! Qual teria sido a pista que o Crânio informou ao sair do esconderijo? Não deu pra ouvir direito. Bom, deixa pra lá! Vou ter de me virar sem ela".

E raciocinava, enquanto escrevia no caderninho:

"Vamos ver... hum... Só tem um ***A***, tem muito ***I*** e muito ***E***... Vou substituir todos os ***I*** por ***A***..."

E escreveu:

*RO E **a**GOLPO Ó ROCSOPE DOVO **a**GAS OM ROGSODE ORP**a**S TSELPE TS**a** NUP**a** O DO L**a**D**a** POS MODE*

"Ééé... ainda não faz sentido. Bom, vamos em frente. Vou trocar todos os ***E*** por ***O***".

*RO **o** **a**GOLPO Ó ROCSOP**o** DOVO **a**GAS OM ROGSOD**o** ORP**a**S TS**o**LP**o** TS**a** NUP**a** O DO L**a**D**a** POS MOD**o***

"Que bagunça! Não dá pra entender nada: ficou tudo cheio de ***O***s! Será que eu estou no caminho certo? O jeito é continuar assim mesmo..."

* * *

Magrí coçava a cabeça:

– Já temos *tenis*. E agora? Hum... a segunda palavra deve estar em *gelo*... Deixa ver, *gelo* tem quatro letras... Será que é outra língua? *Ice* só tem três... *ghiàccio* é muito comprida... Mas *glace* e *hielo* têm cinco letras.

– Pode ser, pode ser... – raciocinava Miguel. – Mas essas duas palavras têm *E*, como em *tenis*. Se o código se basear em duas palavras combinadas, com letras diferentes em cada uma, e eu acho que se baseia, não servem *glace* nem *hielo*.

– Não servem mesmo – concordou Calu. – Mas a pista tem de estar na palavra *gelo*...

* * *

Examinando o que havia anotado, Chumbinho percebia mais uma pista:

"Ei! Tem um acento agudo nesse **Ó**! A única vogal que fica isolada com acento agudo é o ***E***. Vamos lá! Vou trocar ***O*** da mensagem original por ***E***..."

Re o aGeLPe é *ReCSePo DeVe aGAS eM ReGSeDo*
eRPaS TSoLPo TSa NUPa e De LaDa PeS MeDo

"Uau! Já apareceram várias palavras com sentido: É, *DEVE*, *EM* e *MEDO*. Estou no caminho certo! Viva eu!"

E continuou raciocinando:

"E esse ***A***? Se for vogal, pode ser ***I*** ou ***U***, que são as que sobram... Se for ***U*** essa palavra fica *AGUS*... Está errado! E se for ***I***? Ficaria *AGIS*. Essa palavra pode ser *agir*? Pode! Agir é coisa de espião. Vai ver esse ***S*** está no lugar do ***R*** e o ***R*** no lugar do ***S***. Será que é isso?"

se o aGeLPe é *seCrePo DeVe aGir eM seGreDo*
esPar TroLPo Tra NUPa e De LaDa Per MeDo

* * *

Calu cortou as palavras *glace* e *hielo* de suas anotações e propôs:

– *Frio*. Tem de ser um sinônimo de *frio*. O que é *frio*, além do gelo?

– *Neve*, talvez?

– Um frio extremo? – lembrou Magrí. – Um frio... *polar*?

– Polar! Pode ser isso, sim... – aceitou Miguel. – Só pode ser!

Os três concordaram que estavam no caminho certo e Calu seguiu a pista:

– *Tenis* e *Polar*... Duas palavras escritas com letras diferentes! É, são duas palavras que podem ser combinadas, pois as letras não se repetem entre elas. Se você estiver certo, Miguel, uma das formas mais secretas de criar um código indecifrável é mesmo trocar letras. E se pusermos uma letra sobre a outra?

Numa folha de papel, Magrí escreveu as duas palavras, uma em cima da outra:

T E N I S
P O L A R

– Isso! Agora vamos substituir... hum... o ***T*** está em cima do ***P*** e vira ***P***... ***O*** vira ***E***, ***S*** vira ***R***, ***G*** não tem em nenhuma das duas palavras, então fica ***G*** mesmo... O ***E*** vira ***O***...

– Ótimo! – aplaudiu Magrí. – Acho que descobrimos!

– Tem mais: o ***R*** está debaixo do ***S***, o ***E*** em cima do ***O***...

– Oba, é isso!

E assim continuaram, trocando uma letra da palavra de cima por uma de baixo e vice-versa, apenas mantendo as letras que não estavam nem na palavra *tenis*, nem na palavra *polar*. E logo foi possível ler a frase inteira da "mensagem secreta"...

* * *

Chumbinho pôs-se de pé, arregalando os olhos para o caderninho:

"É isso! Estou quase lá! Mesmo sem trocar as últimas letras, dá pra entender a besteirinha que o Crânio inventou pra gozar com a cara dos Karas! Achei!!! Viva o Chumbinhoôôô!!"

* * *

Miguel, Calu e Magrí, no forro do vestiário, e Chumbinho, num canto do pátio de recreio, fisicamente separados e usando métodos diferentes, chegavam ao mesmo tempo à mesma solução. Na folha de papel nas mãos de Miguel e no caderninho empunhado por Chumbinho, estava escrito:

SE O AGENTE É SECRETO
DEVE AGIR EM SEGREDO
ESTAR PRONTO PRA LUTA
E DE NADA TER MEDO

* * *

Os três Karas levantavam-se para ir à procura de Crânio e mostrar a solução do desafio, mas o gênio da turma naquele momento entrava pelo alçapão, com uma expressão muito séria.

– O que houve, Crânio? – começou Magrí. – Nós já conseguimos...

Crânio ergueu a mão, interrompendo a menina:

– Agora não, Karas. Não temos tempo pra brincadeiras. As coisas que estão acontecendo nesse colégio são graves demais. Isso sim é um trabalho para os Karas! Temos de agir!

11. O Colégio Elite

A frase escrita na foto, depois de decifrado o Código Vermelho, tinha ficado ***CELPO CEM I GOLPO, MAGUON***! Agora só restava aplicar o Código Tenis-Polar para compreender a oferta daqueles amigos. E Miguel movia os lábios, pronunciando em um sussurro a tradução:

CONTE COM A GENTE, MIGUEL!

Distendeu a cadeira reclinável, de espaldar alto, e olhou para o teto, como se ali estivesse sendo projetado o filme de suas recordações:

"Os *meus* amigos... a *nossa* turma... o *nosso* colégio!", rememorou, esquecendo-se totalmente de revisar o texto do discurso no computador. "Que tempos aqueles! Lembro muito bem... foi naquele dia... foi no dia em que eu, Magrí e Calu lidávamos com a solução do código, que o Crânio acabou nos forçando a meter nosso nariz na reorganização de todo o Elite... Que reviravolta! E que ousadia a nossa!"

Miguel olhava a foto, pensando que aquele talvez tenha sido o primeiro grande desafio dos Karas. O primeiro verdadeiro *trabalho* para os Karas!

"Bom, teve aquele da árvore...", lembrou Miguel. "Mas daquela vez a gente ainda não tinha criado a Turma dos Karas, não é?"

* * *

– Agir, Crânio? – estranhou Magrí. – É uma nova invenção sua? Nós acabamos de decifrar o código e... – mas logo se calou, pois a expressão carregada do colega mostrava que havia algo mais sério a discutir, além de brincadeiras com códigos.

Crânio sentou-se sobre as pernas, formando um quadrado com os outros três, como sempre faziam em suas reuniões, e revelou:

– É o Edson, Karas. Ele vai ter de sair do Elite...

– O Edson? – espantou-se Magrí. – Mas esse menino é o melhor poeta do colégio! Que maluquice é essa?

Crânio olhava para o chão, sem conseguir encarar os amigos, mostrando que aquele era um grande problema e que ele não conseguia encontrar a solução:

– Acabei de saber pelo professor Elias. O Edson não é aluno dele. É aluno da Professora Jandira e...

– Ai, da Jandira-jararaca! – lamentou Calu, lembrando da rigidez da outra professora de matemática do Elite.

– Da Jandira, sim – continuou Crânio. – Na sala dos professores, o Elias ficou sabendo que o Edson não alcançou a nota mínima pela segunda vez. E vocês sabem o que isso significa aqui no Elite, não sabem?

Sim, todos sabiam. O Elite era conhecido como o colégio mais forte da cidade. O de ensino mais severo, aquele que conseguia os melhores resultados nos mais concorridos vestibulares do país. Por isso e por suas excelentes instalações, era também um dos mais caros e talvez aquele onde fosse mais difícil conseguir uma vaga. Um candidato, para matricular-se no Elite, tinha de submeter-se a um teste de seleção dificílimo, que mais parecia um espremedor de cérebros. E, caso conseguisse ser aprovado, para conservar essa conquista tinha de manter-se como um aluno de ponta, sempre com ótimas notas. Do contrário, a direção logo chamaria seus pais, aconselhando-os a procurar outra escola para o filho.

Sim, mas todos sabiam também dos problemas do Edson. Era um dos melhores alunos de língua portuguesa, um menino que fazia versos desde pequeno, mas... mas era um eterno sonhador, daqueles que parecem viver desligados do mundo, pisando nas nuvens, ouvindo...

– Ouvindo estrelas! – como uma professora havia brincado ao perceber que seu aluno mais uma vez estava com aquele ar ausente que era sua marca registrada quando mergulhava em seus pensamentos, em seus sonhos. Todos sabiam que, em seu despertar, alguma nova ideia surgiria, alguma nova maneira de encarar até mesmo fatos simples da vida, e tinham certeza de que aquele cismar distante acabaria transformado em versos que haveriam de emocionar a muitos, até à professora:

– Esse menino ainda vai me sair um escritor...

Um grande talento, mas também um espírito que voava na direção oposta à matemática. Para azar maior ainda do menino, seu professor não era o carismático e compreensivo Professor Elias, era a megera, era a fera, era a tremenda Jandira-Jararaca! E o pobre do Edson mais uma vez não havia alcançado a média mínima naquela matéria, os setenta por cento obrigatórios para quem quisesse manter a matrícula no colégio...

– Injustiça! – protestou Magrí. – Logo o Edson? Não podemos permitir que isso aconteça!

Estava de pé, com os punhos cerrados, como se estivesse pronta para uma briga.

Miguel nem quis encará-la. O que diria ela se soubesse que o pobre do Edson, às escondidas, fazia poemas de amor para ela? Disso Miguel sabia muito bem, mas jamais revelaria o segredo, ainda mais que os versos apaixonados que o Edson fazia para Magrí eram bem melhores do que os que *ele mesmo* fazia para a mesma musa e não tinha coragem de mostrar pra ninguém...

Crânio também se pôs de pé junto da menina e os dois encararam Miguel. Em seguida, foi a vez de Calu juntar-se aos dois e fixar os olhos no líder da turma.

Miguel entendeu. Sim, aquela certamente não era uma aventura em que teriam de enfrentar perigosos e imaginários espiões e sabotadores, mas era...

– Um trabalho para os Karas!

* * *

Puseram-se a debater o problema e, sem que eles percebessem, aquela se tornou a primeira reunião a sério dos Karas. Como se eles tivessem crescido de uma hora para a outra, no ar não havia mais a excitação que até aquele momento tinha sido a marca registrada de suas reuniões de "emergência máxima". Não se tratava mais de brincadeiras de detetive, de conspirações de "agentes secretos", nem de planos de contraespionagem para capturar sabotadores traiçoeiramente infiltrados na cantina do colégio. Aquela turma até então havia se envolvido com ações produzidas nas nuvens da imaginação, mas agora era o chão de concreto da realidade que viera invadir o esconderijo secreto dos Karas.

O desafio inicial, que seria a descoberta de uma maneira de salvar o menino Edson, levou à discussão dos problemas que originavam as dificuldades do colega: a política autoritária da direção do Elite, a rigidez que caracterizava aquele colégio tão tradicional.

– Há muitos outros problemas, Karas! – lembrou Calu. – De que adianta a gente fazer uma campanha para salvar o Edson? Por que só o Edson? Quantas injustiças como essa já aconteceram aqui no Elite e continuarão acontecendo?

– É verdade – reforçou Magrí. – E o caso do Bronca,[6] vocês estão esquecendo?

Não, eles não se esqueciam do Bronca. O apelido daquele rapaz não podia ter sido mais bem escolhido. O Bronca era uma bomba de pavio curto, pronta a explodir. Vivia sempre reclamando de alguma coisa, nada deste mundo era do jeito que ele achava que deveria ser. E, na semana anterior, o chefe dos bedéis tinha mais uma vez surpreendido o Bronca num daqueles seus momentos de destempero, quando o rapazinho se deixava dominar pela raiva, e saíra aos berros numa discussão em um grupo de estudos. O resultado tinha sido mais uma visita forçada à sala da diretoria e a consequência fora mais um dia de suspensão...

– Minha segunda suspensão! – havia se queixado o rapaz para Miguel. – E você sabe o que vão fazer comigo, não é?

Sim, Miguel sabia muito bem do risco que corria seu colega enfezado: em seu próximo deslize, os pais do Bronca teriam de encontrar outro colégio para o filho...

– Karas! – era a voz de Miguel que de repente se levantava como deve erguer-se a fala de um líder. – Temos de usar nossa própria cabeça. Temos de deixar de engolir a tal "excelência" do Elite do jeito que mandam que a gente engula. Não podemos acreditar que seja verdade tudo o que nos dizem os adultos, só porque eles são adultos!

---

[6] Ver *A droga da obediência.*

– É isso mesmo, Miguel! – apoiou Crânio.

– Todo mundo está convencido de que este é o melhor colégio da cidade, o que forma os melhores alunos, não está? – continuou Miguel. – Devemos acreditar nisso sem discussão? Será mesmo verdade? Será que os alunos deste colégio são mesmo os melhores porque o colégio os fez melhores? Ou somos os melhores porque a política daqui é só permitir a entrada dos melhores e botar pra fora quem não se esforçar para continuar entre os melhores? Está na hora de passar o Elite a limpo!

* * *

"E passamos mesmo!", recordava Miguel, com os olhos no teto do salão. "E mexemos em tudo, viramos o colégio de pernas para o ar!"

* * *

No esconderijo secreto, a discussão era acalorada:

– Precisamos escolher qual dos alunos vai levar nossas reclamações à diretoria!

– Ora, quem! É claro que esse *quem* é você, Miguel!

– Não, não pode ser assim. Chega de imposições! O representante deve ser escolhido pela maioria!

– Deveria ser, mas de que jeito? Nem ao menos um grêmio este colégio tem!

– Pois vamos organizar um!

Os quatro começaram a trabalhar. Era preciso convencer os alunos do Elite, era necessário conseguir o apoio do maior número de professores que fosse possível, e também ganhar a simpatia da maioria dos pais dos colegas para a causa de reformulação da política do colégio. Todo aliado que pudesse ser arregimentado era importante, porque a resistência a vencer era uma só e era dura: a diretoria conservadora do Elite.

O poder de argumentação de Magrí, de Crânio e de Calu era demais! Por mais que alguém tentasse encontrar senões em suas propostas, na certa acabava se dobrando e se tornando mais um a lutar pela reviravolta que os quatro Karas tinham iniciado. Mas, acima de tudo, os discursos de Miguel eram capazes de convencer até as paredes a unirem-se a eles!

* * *

Miguel lembrava-se daqueles tempos, daquelas lutas, e reconhecia que aquela havia sido a ocasião em que eles tinham deixado a infância para trás:

"Muitos nos apoiaram e conseguimos fundar o Grêmio Estudantil do Colégio Elite. Ah, e eu acabei sendo eleito o seu primeiro presidente..."

* * *

Na batalha para a reforma do Elite, havia muito mais a ser feito além de salvar o desligado Edson ou o enfezado

Bronca. Os Karas usaram de todos os recursos para conquistar aliados e para convencer a todos de que uma nova era se abria para o colégio. Com habilidade, conseguiram até mesmo chamar a atenção da imprensa e foi devido a uma entrevista de Miguel para a TV que o movimento tornou-se vitorioso:

– Mas, Miguel – perguntava o entrevistador Solano Magal. – Por que vocês pretendem mudar o Elite? Todo o país conhece e respeita a qualidade do seu colégio!

Miguel respondeu, calmo e seguro do que dizia:

– Sim, o Colégio Elite é famoso por sua qualidade. Tem ótimos professores e reúne os melhores alunos, que conseguem as melhores notas nos vestibulares das melhores universidades. Mas *por que* é assim? É assim porque a política do colégio é obrigar todos os que querem entrar no Elite a submeterem-se a um teste dificílimo, selecionar os melhores e em seguida exigir dos aprovados um desempenho exemplar, perto da perfeição. Onde está a qualidade nisso? A excelência desses alunos foi produzida *pelo* Elite? Ou esses alunos já eram excelentes e foram atraídos *para* o Elite?

– Bom, meu rapaz – o jornalista sorriu com condescendência, como se falasse com uma criança que custa a entender as coisas. – Mas é justamente isso que faz do Elite o melhor colégio da cidade. Como ele poderia ser o melhor se não contasse com os melhores alunos?

Miguel encarou o entrevistador de modo tão firme que na mesma hora ele compreendeu que não estava falando com nenhuma criança:

– É mesmo? É esta a receita da excelência de um colégio? É assim que a Educação deve ser pensada? Então vou propor que a cidade organize o melhor hospital do país, um hospital tão excelente que somente dê alta para seus pacientes e nenhum dos médicos assine atestados de óbito...

– Como? – Solano Magal ficou meio sem jeito. – Isso não é possível! Como conseguir um hospital assim?

– Não é difícil – rematou Miguel com superioridade. – Basta fazer um exame de admissão ao hospital e só aceitar pessoas sadias!

– Ora, mas...

– Mas é exatamente isso o que o Colégio Elite faz, não é? Só matricula os melhores estudantes e expulsa qualquer um que não continuar se esforçando para se manter no topo ou que por alguma dificuldade não consegue acompanhar os melhores. É isso que nós queremos mudar! Um bom colégio é aquele capaz de recuperar alunos com dificuldades de aprendizagem, assim como um bom hospital é o que procura *curar* quem está doente!

* * *

E o Colégio Elite mudou de verdade. Uma comissão de pais e de professores acabou assumindo a direção, e a antiga diretoria foi aposentada. A partir daquele momento, a fama da escola cresceu ainda mais, pois, além de continuar atraindo bons alunos, a política educacional do Elite era de apoiar com técnicas especiais os alunos que tivessem dificuldades, quer de aproveitamento, quer de comportamento:

– Sim! Nosso colégio tem de atuar do mesmo modo que os hospitais que têm centros de terapia intensiva para tratar de modo especial os pacientes que estão em pior estado de saúde! – discursava Miguel nas assembleias semanais, que agora eram organizadas para que todos pudessem ser ouvidos, de alunos a professores e funcionários. – Alguém poderia admitir um hospital que expulsasse um paciente quando sua doença se agravasse?

O novo Elite tornou-se uma experiência única de liberdade, mas também de responsabilidade. Numa das assembleias, Magrí veio com esta:

– Proponho a abolição da campainha dos sinais de início ou de fim das aulas!

– Como assim? E como os alunos vão saber que...

– Olhando no relógio! Todos nós temos de aprender a respeitar as regras que nós mesmos estabelecemos. Se alguém estiver sem relógio, basta olhar para os relógios de parede que estão por toda a parte. Quando chega a hora de entrar em classe ou de sair dela, por que não sairmos ou entrarmos na sala simplesmente porque sabemos que aquele é o horário de começar ou de terminar a aula?

Foi assim que, junto com a antiga diretoria, a campainha do Elite foi aposentada. E, em seu lugar, ficou a responsabilidade pessoal de cada aluno...

* * *

"Que vitória foi esse primeiro trabalho dos Karas!", relembrava Miguel. "Acho que, a partir daquele momento, nunca mais fomos crianças..."

Mais uma vez recostou-se no espaldar da cadeira e reconheceu, para si mesmo:

"É... revolucionar toda a organização do Colégio Elite foi mesmo o primeiro trabalho dos Karas, a primeira vez em que enfrentamos um problema real e não apenas um produto de nossa imaginação. Foi o momento em que deixamos de ser crianças pra nos tornarmos... o quê? Adultos? Não importa! Foi com aquela ação que nos sentimos seres humanos atuantes, gente de verdade!"

12. Andrade

A foto com os quatro amigos tinha sido o mais gostoso dentre todos os cumprimentos que Miguel havia recebido por aquele dia tão extraordinário.

"Calu, Peggy, Crânio... e Chumbinho! Ah, nossa turma só ficou mesmo completa depois que aceitamos esse incrível Chumbinho como mais um dos Karas. Bem, a Magrí não poderia mesmo estar nesta foto, mas ainda falta um..."

Para Miguel, além da querida Magrí, o time de suas lembranças da adolescência só estaria completo com mais uma pessoa, cuja imagem materializava-se em sua memória, retratando-se com a mesma expressão franca e honesta de tantos anos atrás:

"O detetive Andrade!"

Em pensamento, Miguel materializava o velho amigo como se ele realmente estivesse ali, à sua frente:

"Você sempre foi como um pai pra mim, querido Andrade... Pra falar a verdade, acho que você sempre agiu como se *fosse* um pai. Pra mim, pra todos nós. O paizão dos Karas!"

Na projeção de suas lembranças, Miguel revia aquele detetive gorducho, careca, sempre metido em ternos desalinhados, amarrotados, usando uma velha gravata e com o paletó mal abotoando na barriga. Na maioria das vezes vivia nervoso, tentando impedir que os "seus meninos" se metessem em confusões. E os tais "meninos", os verdadeiros Karas, tentavam de todas as maneiras impedir seu gordo amigo de interferir nas suas trapalhadas secretas. E que trapalhadas! Uma mais arriscada do que a outra, uma mais fantástica do que a outra! E em quase todas lá estava presente o detetive, debatendo-se no meio das estripulias, sempre tentando proteger os seus queridos jovenzinhos...

"Quanto mais nervoso ficava, mais o Andrade devorava doces e sorvetes! Até no inverno!", recordava Miguel. "Não dispensava caldas açucaradas nem chantili. Bem, talvez a aposentadoria tenha ajudado o Andrade a perder algum peso. Vida mais calma, comidinha caseira, vigilância da patroa... Mas aposto que você ainda dá umas escapadinhas pra tomar um sorvete na padaria da esquina, não é, meu velho?"

Miguel sorria para si mesmo, renovando o carinho que sentia pelo amigo detetive:

"E o Andrade nunca soube nada sobre a existência da Turma dos Karas", lembrava Miguel. "Para ele, eram somente as *coincidências* que nos jogavam para o perigo e ele jamais desconfiou que nós mesmos é que corríamos atrás do perigo... Grande Andrade! E eu, que logo que lhe pus os olhos pensei que ele era um policial corrupto, ao ver aquele homem mal vestido, de mau humor?"[7]

Lembrou-se que, gorducho daquele jeito, o detetive Andrade destoava de seus colegas, muitos deles frequentadores de academias de ginástica, que pareciam brutamontes dentro dos coletes à prova de balas. E ele bem sabia que não era só pelo físico que aquele policial era diferente dos outros...

"Era pelo caráter!"

No filme das recordações de Miguel, voltava uma das provas que Andrade tinha dado a todos de sua maneira de agir como policial...

* * *

O domingo havia amanhecido com a Polícia Militar cercando todo o quarteirão. Veículos blindados bloqueavam o trânsito na avenida e nas ruas em torno da transportadora de valores. Atiradores de elite postavam-se em cima de árvores, entrincheiravam-se atrás de carros, protegiam-se nas quinas de paredes, mas o que imperava acima de tudo era a ansiedade, era o medo, era a quase certeza de que todos estavam prestes a presenciar cenas de terror, de sangue, a vivenciar um pesadelo de olhos arregalados...

Mantida bem a distância por um cordão de policiais, a multidão de curiosos formava uma plateia lotada e ansiosa por testemunhar mais um espetáculo de violência da cidade grande. Cinegrafistas ajustavam teleobjetivas procurando

[7] Ver *A droga da obediência.*

aproximar a fachada do prédio da transportadora de valores e exibi-la para milhões de televisores ligados por todo o país. As vozes dos locutores misturavam-se umas às outras, confusamente tentando informar o pouco que se sabia do que se passava no interior do prédio.

– Eles invadiram a transportadora de valores! Estão armados até os dentes!

– Quantos são?

– Eles estão com reféns! Ameaçam matar um por um!

– Que horror!

– Dizem que tem muito dinheiro lá dentro! Muito dinheiro!

Um megafone repetia sem parar a proposta do negociador da polícia, tentando acalmar os invasores, pedindo que nada fizessem contra os reféns, prometendo que ninguém seria ferido, desde que as armas fossem jogadas para fora e todos saíssem de mãos para cima...

Mas, de dentro da transportadora, por trás da porta de vidro da entrada, nenhuma voz retornava em resposta.

O tempo passava, já como um intervalo comercial insuportável entre duas cenas de novela. O Sol já subira do nascente, ficara a pino, e já começava a descair para oeste quando nuvens pesadas começaram a tapá-lo.

O comando da Polícia Militar mantinha seus homens em silêncio e as armas caladas. O objetivo primordial daquele cerco era o de salvar a vida das pessoas que estavam nas mãos dos bandidos, ainda que os ladrões conseguissem fugir levando o dinheiro que tinham vindo roubar.

Quase anoitecia quando, de repente...

– Ei, o que está acontecendo? – gritou alguém.

... de dentro da transportadora de valores ouviram-se motores sendo acelerados e, como numa explosão, os vidros da porta foram estourados por cinco motocicletas que se jogaram para a rua, espalhando estilhaços para todos os lados!

Uma, duas, três, quatro, cinco motocicletas atiraram-se sobre o asfalto como numa exibição de motocross! E cada uma trazia um "carona" amarrado ao piloto!

– Não atirem! Eles estão levando reféns! Não atirem!

Apesar de a velocidade com que tudo acontecia não facilitar a identificação de ninguém, era óbvio que os "caronas" eram os empregados da transportadora, que estavam sendo levados como garantia da intocabilidade dos bandidos.

– Ninguém atira! Ninguém atira!

Se a cena estivesse sendo gravada pelas emissoras de TV – e é claro que estavam! –, quando fossem reproduzidas em câmera lenta seria possível identificar que esses reféns eram um, dois, três, quatro, cinco homens que... não! O primeiro "carona" não era uma pessoa: era uma grande trouxa amarrada às costas do motoqueiro! Provavelmente continha uma quantidade grande demais de dinheiro para caber em uma só mochila!

O inusitado daquela ação pegou todo mundo de surpresa: como poderiam aqueles assaltantes terem entrado na transportadora com cinco motocicletas em pleno domingo? Mas, àquela altura, o que importava não era responder perguntas, era agir depressa, pois as motos enfiavam-se por becos e passagens estreitas, em alta velocidade, obrigando as viaturas da polícia a difíceis manobras para romper os cordões de isolamento e abrir caminho por entre a multidão que bloqueava as ruas, ensurdecendo o ambiente com a estridência enlouquecedora das sirenes ligadas no volume mais alto que conseguiam.

– Ninguém atira! Ninguém atira! – repetia o comandante da operação, temendo pela vida dos reféns.

As motos dos assaltantes conseguiram ganhar grande distância dos perseguidores e poderiam ter sumido de vista, não fosse um helicóptero da polícia que, do alto, localizava e pelo rádio informava aos companheiros em terra a posição dos fugitivos.

Mais dois helicópteros das redes de TV estavam também no ar e os telespectadores podiam continuar acompanhando a louca perseguição no conforto de suas poltronas. Um crítico azedo diria, nos jornais do dia seguinte, que quem tem realidades assim para assistir pela televisão não precisa dos efeitos especiais dos filmes americanos...

Dessa vigilância aérea os bandidos não podiam escapar e, com as informações do helicóptero policial, o comando da perseguição pôde ordenar pelo rádio a chegada de mais viaturas que se dirigiam às ruas à frente da rota de fuga dos assaltantes, de modo a cercá-los completamente.

As cinco motos se aproximavam de um bairro fabril já na saída da cidade e, como se adivinhassem que o cerco se fechava, desapareceram da vista dos pilotos, policiais e repórteres ocupantes dos helicópteros, enfiando-se pelo portão de um grande depósito na frente do qual um letreiro informava "Companhia Cerealista Irmãos Galvão".

Em menos de meia hora toda a área da distribuidora de cereais estava sob fechado cerco e nada maior do que um rato poderia entrar ou sair dali. E era uma área bem grande: além do prédio de escritórios e dos galpões atulhados, três silos armazenavam cereais a granel, esperando para serem ensacados. Eram três enormes cilindros, com mais de 30 metros de altura, cujas faces metálicas brilhavam sob as luzes do cerco policial.

A cena mais uma vez imobilizou-se. Tudo ficou à espera. À espera da decisão da quadrilha, que parecia ter sido levada a um impasse. Conseguiriam novamente saltar para fora em suas motos e escapar do cerco? Mas como fugiriam daquele verdadeiro exército de policiais que vigiavam com dezenas de canos de armas de grosso calibre apontados para eles? E já com uma tropa de motociclistas prontos a persegui-los sem quartel?

O tempo passou. Lentamente, irritantemente passou, e a noite caiu sobre o suspense, uma noite pesada, negra, de lua nova, carregada de nuvens que apagavam estrelas...

Até que, de dentro do prédio dos escritórios da empresa cerealista, do portão fortemente iluminado pelos holofotes da polícia e pelos refletores das emissoras de televisão, algumas sombras começaram a surgir. Primeiro saíram seis homens, logo identificados como os vigias noturnos da empresa cerealista. Depois, amedrontados, surgiram os quatro funcionários da transportadora de valores que haviam sido levados como reféns. E, em seguida, todos ouviram o ruído de armas sendo jogadas na calçada. E uma voz:

– A gente se rende! A gente vai sair! *'Tamos* desarmados! *Se* entregamos! Não atirem!

Um a um, quatro homens saíram com os braços erguidos bem acima da cabeça e, ato contínuo, os policiais obrigaram os bandidos a deitarem-se de barriga no chão, mãos às costas, e os cliques-cliques logo mostraram que estavam todos algemados, imobilizados e incapazes de qualquer ação.

– Cadê o outro? Cadê o outro?

Somente quatro assaltantes haviam sido capturados. Não havia nem sinal do quinto.

* * *

Depois de acalmados, os reféns informaram que nenhum deles sabia do quinto assaltante. A polícia encontrou as cinco motos, mas, por mais que vasculhassem cada centímetro da área, não encontraram nem sinal do fugitivo nem do volumoso saco de dinheiro que ele levara na moto, amarrado às costas...

Como poderia o ladrão ter desaparecido assim, como por encanto, ainda por cima carregando um volume de milhões de reais, de dólares, de euros, de libras e outras moedas estrangeiras roubadas da transportadora de valores?

– O dinheiro que eles levaram era tanto que pesaria uns oitenta quilos. Talvez cem! – calculou um diretor da transportadora.

– Ora, que exagero!

Durante toda a cobertura jornalística, quem estivesse atento à televisão teria percebido que volta e meia as câmeras passavam por um homem gorducho, que vestia um terno fora de moda. Pelo jeito não era um simples civil, pois circulava livremente no meio dos policiais. No final da reportagem, pouco antes da entrada de mais um intervalo comercial, uma câmera fixava-se por um momento na figura do tal homem, que enxugava a careca com um lenço. Sua expressão era de contrariedade, de desalento...

* * *

Em casa, pela televisão Miguel assistia tudo e identificava o gorducho personagem:

"É o Andrade..."

Desligou o televisor, pegou o celular, digitou um código secreto e rapidamente os Karas estavam reunidos em conferência virtual:

– Karas, todos assistiram à reportagem do assalto? – depois de ler as confirmações, continuou. – Pois essa coisa me parece muito estranha. Como o bandido pode ter desaparecido com todo o prédio cercado e ainda por cima carregando um saco nas costas, feito Papai Noel de shopping?

– Pelo jeito, Miguel, você está estranhando tanto quanto o Andrade – era a vez de Calu. – Vocês viram a cara dele na TV? E eu aposto que o ladrão que sumiu era o chefe da quadrilha!

– Mas nem tenha dúvida! – apoiou Chumbinho. – E acho que aí tem muita coisa e nenhuma delas é coincidência...

– Apoiado, Kara! – teclava Crânio. – Concordo com o Calu e com o Chumbinho: o sujeito que fugiu deve ser o líder e nada do que ocorreu foi por acaso.

– Não deve ter sido mesmo – o raciocínio era de Magrí. – Como pode ter sido acaso os bandidos saírem de moto da transportadora de valores e correrem quase em linha reta para a periferia, direto para a empresa cerealista?

– É claro que eles *queriam* se refugiar nessa empresa, Magrí! – concordou Miguel. – Estava tudo planejado!

– E, se estava planejado – continuou Crânio –, na certa também estava planejada a fuga do líder!

– Deve ter sido isso mesmo, Crânio – Calu tomou a palavra. – Mas aí o meu palpite é que essa ideia era somente dele. Desse chefe da quadrilha...

Se as letras pudessem sorrir, os outros Karas viriam a expressão de Miguel:

– Que espertinho! Se foi assim, vocês podem estar certos de que ele fez dois roubos: o primeiro foi levar o saco de dinheiro da transportadora de valores e o segundo foi passar a perna nos comparsas e sumir com a grana toda!

– Então voltamos à estaca zero – digitou Calu. – Concordo com tudo o que vocês supuseram até agora e acho que só falta um detalhe, o primeiro dessa reunião: como pode ter o malandro fugido do prédio cercado? Isso seria impossível!

– Verdade, Kara! – exclamou Crânio. – E, se a fuga dele era impossível, o que resta é concluir que o bandido *não* fugiu da empresa cerealista: ele *ainda* está lá!

– Hummmmmmmmmmmmmmm... – a repetição da letra mostrava aos amigos que Chumbinho ruminava uma ideia, e ele logo concluiu: – Se o plano do tal chefe da quadrilha era fugir para a companhia cerealista porque sabia que lá poderia desaparecer... Já sei! Ele é um empregado de lá! Preparou todo o plano, criou com antecedência um túnel para escapar por baixo da terra e... Não, isso é muito complicado...

– É mesmo – reforçou Magrí. – Túnel é coisa de fuga de prisioneiro de cinema. O que ele pode é ter construído um lugar seguro para refugiar-se sem possibilidade de ser encontrado.

– Mas a polícia esquadrinhou tudo! – objetou Miguel. – Só faltaram peneirar o edifício inteirinho! A televisão até mostrou os agentes subindo pelas escadas daqueles silos altíssimos para ver se o ladrão estava lá, escondido em cima das toneladas de cereais!

Se as letras gritassem, a voz de Crânio teria doído nos ouvidos dos amigos. E ele digitou em maiúsculas:

– É ISSO, KARAS! O DANADO ESTÁ *DEBAIXO* DOS CEREAIS!

– Como?! – discordou Miguel. – Debaixo de toneladas de milho?

– Ele poderia ter construído um compartimento no fundo do silo quando ele ainda estava vazio, não poderia?

Magrí ainda não aceitava o raciocínio de Crânio:

– Mas, neste caso, qualquer compartimento que fosse construído dentro do silo seria esmagado pelo peso dos cereais!

Mas Crânio já tinha entendido a coisa toda:

– Não! Se tiver sido instalada uma chapa de aço bem inclinada que deixe a maior parte da base desimpedida, o peso dos cereais pode ser desviado para a base e deixar intacto o compartimento!

O gênio dos Karas e seus conhecimentos de física tiveram de esperar um pouco, pois pelo jeito sua explicação tinha emudecido os amigos, que avaliavam a possibilidade:

O primeiro a quebrar o silêncio foi Chumbinho:

– Assunto encerrado, Karas! É fácil descobrir o ladrão, porque até os bandidos precisam de oxigênio!

A frase parecia uma charada, mas a solução iluminou-se claramente nos cérebros dos quatro amigos. Agora só faltava a ordem final, e ela veio do líder dos Karas:

– Calu, você é o nosso ator. É a sua deixa. Vamos ajudar o Andrade!

* * *

O celular do detetive vibrou dentro do bolso. Ele olhou o visor e viu que o número registrado era desconhecido. E atendeu:

– Alô, detetive Andrade falando...

E foi surpreendido por uma voz rouca, soturna, misteriosa:

– Esta é a *sua* noite, detetive. O líder da quadrilha, com todo o dinheiro roubado, está ao alcance das suas mãos...

– Como? Quem é que...?

– Não importa quem sou eu. Apenas ouça: volte à empresa cerealista. Esqueça todos os cantos onde já procurou. Vá direto aos três silos...

– Os silos? Já procuramos lá e não...

– Não encontraram nada porque não souberam procurar. Examine bem os três silos e procure alguma coisa diferente em um deles. Bem na base de um deles...

– Uma coisa diferente? Como assim?

– Lembre-se: até os bandidos precisam de oxigênio...

E um *clic* calou a estranha voz.

* * *

Já era madrugada quando Andrade voltava para o centro da cidade dirigindo seu velho fusquinha. No banco traseiro, o líder dos assaltantes, de cara fechada e mãos algemadas às costas, tinha de dividir o espaço com um grande saco plástico transparente, que exibia uma quantidade de notas que ninguém jamais verá juntas em toda a vida, a não ser que seja um funcionário da caixa forte de algum grande banco.

O detetive respirava, aliviado. Que dica maluca ele tinha recebido daquela voz desconhecida! Em princípio ele havia hesitado, pensado em chamar os colegas e logo desistido, com medo de passar vergonha na frente deles.

Mas, no fim, concluiu que nada tinha a perder, a não ser algumas horas de sono.

E foi a bordo do seu fusquinha particular que voltou à Companhia Cerealista Irmãos Galvão. Mostrou sua identidade policial para o único guarda que haviam deixado de plantão e foi direto para o pátio onde estavam os três grandes silos.

Já tinha parado de chover e era até difícil andar no terreno enlameado. Com uma lanterna de mão, examinou detidamente as paredes de metal cilíndrico daqueles imensos depósitos de grãos. A uma primeira vista, tudo pareceu normal. Uma segunda olhada mais atenta, porém, revelou algo diferente no silo que parecia ser o mais novo. Primeiro, o detetive encontrou uma pegada na lama junto a uma moita quase grudada no silo. Bem, aquilo poderia nada representar, pois a polícia havia andado por todos os cantos, farejando o fugitivo. Esquadrinhou um pouco mais, afastou as folhagens e vasculhou a base metálica com a luz da lanterna: junto ao chão, na superfície metálica que deveria ser absolutamente sólida, havia uma série de furinhos! Uma fileira deles, bem na base, ocultos pela moita!

"Ah!", exclamou por dentro. "A voz disse que até os bandidos precisam de oxigênio!"

O sujeito estava escondido lá dentro! Mas como tinha entrado? Por onde poderia sair? Pensando novamente na estranha frase do denunciante anônimo, logo descobriu que não precisava se preocupar em procurar entradas ou saídas. Abaixou-se até a fileira de furinhos. Se o ar por ali podia entrar, sua voz também poderia ser ouvida:

– Boa noite, meu caro. Acredito que você não esteja muito confortável aí, não é? Por que não vem aqui pra fora, tomar um pouco de ar fresco?

Do outro lado, nenhum som respondeu ao irônico convite.

– Prefere ficar aí, é? Por quanto tempo? E olhe que algum engraçadinho pode querer pregar uma peça em você e juntar um pouco de barro para tapar esses furinhos... Se isso acontecer, acho que aí dentro vai ficar um pouco abafado, não vai?

Só teve de esperar um instante, pois logo em seguida uma das chapas de metal que compunham a base do silo deslocou-se, e a luz da lanterna revelou um cubículo ocupado por um sujeito agachado junto a um enorme saco plástico cheio de dinheiro! O pilantra não teve outro jeito senão entregar-se, e foi saindo, de mãos para cima e cabeça baixa. Sem uma palavra, deixou-se algemar.

Mais tarde, ao aprofundar a investigação, Andrade descobriu os detalhes da preparação do assalto: o sujeito era funcionário de uma fábrica de contêineres e havia trabalhado na instalação daquele silo na Companhia Cerealista Irmãos Galvão. Durante o trabalho, havia soldado uma chapa de aço diagonalmente, bem no fundo do silo, criando um compartimento que podia ser aberto e fechado desaparafusando-se uma das chapas externas. O esconderijo ficou bastante sólido e a chapa de aço inclinada lá dentro aguentou muito bem depois que toneladas de soja foram pela primeira vez despejadas dentro do silo. Para o esconderijo, a investigação descobriu que ele havia levado água, alguns biscoitos e podia respirar através dos furos que fizera na base da parede de metal, para não morrer sufocado. Na certa calculava que só precisaria ficar lá dentro por algumas horas e depois escapar tranquilamente quando a polícia tivesse desistido da busca e abandonado o local.

"Sim, um belo plano..." – pensou Andrade.

Mas alguém mais sabia da tramoia além do chefe da quadrilha. Quem poderia ser? Quem seria o anônimo que havia telefonado para o detetive? Bem, isso agora não importava muito, pois o importante, que era a captura do líder e a recuperação do dinheiro roubado, estava resolvido. Na certa, o informante deveria ser algum capanga do ladrão, que havia sido deixado de lado na hora da ação e quis vingar-se.

Andrade pensava nisso quando olhou para o marcador de combustível do fusquinha. Já estava no fim da reserva! Que loucura seria ter de parar por falta de gasolina e pedir carona para ele e para um prisioneiro algemado! Mas, por sorte, pouco à frente na estrada esburacada dava para ver a forte iluminação de um posto de serviço.

Parou o fusquinha ao lado da bomba de gasolina e logo apareceu um frentista limpando as mãos num chumaço de estopa. Andrade consultou a própria carteira e pediu:

– Boa noite. Bote 50, por favor. Da comum, não da aditivada.

O frentista deu a volta no carro, desatarraxou a tampa do tanque de gasolina e nele enfiou a mangueira. Nesse momento, percebeu que, no banco traseiro, um homem mal-encarado remexia-se, desconfortável. As mãos do homem estavam algemadas nas costas! E, para seu assombro, o frentista deparou-se com um enorme saco plástico transparente, abarrotado de dinheiro! Perdeu a voz, ficou sem saber o que pensar e, quando deu por si, seu dedo havia apertado por tempo demais o gatilho da mangueira de gasolina e o contador da bomba marcava 95 reais...

Desligou a mangueira, pendurou-a na bomba e timidamente falou para o motorista gorducho:

– Erh... senhor... deu 95 reais...

Andrade sobressaltou-se:

– Como?! Mas eu pedi pra você botar só 50!

– Desculpe, senhor... – gaguejou o frentista, assustado por falar com um gorducho que transportava um homem algemado no banco traseiro e ainda por cima trazia uma fortuna num saco plástico dentro de um fusquinha que deveria estar em um museu. – Desculpe... eu... eu me distraí...

Andrade começou a revistar os próprios bolsos. Encontrou algumas moedas e voltou-se para o frentista:

– Olhe, amigo... eu só tenho 53 e uns trocos... Será que você não pode tirar um pouco da gasolina até voltar aos 50? É que... eu não tenho mais dinheiro...

– Não tem dinheiro?! Mas como? E esse monte aí?

Andrade deu uma olhada para trás e depois levantou os olhos para o frentista, meio sem jeito:

– Esse? Desculpe, mas esse dinheiro não é meu...

* * *

No dia seguinte, os jornais, as rádios e as emissoras de televisão ocupavam seus programas exaltando a façanha do detetive Andrade, que, sozinho, havia resolvido o cinematográfico caso do assalto à transportadora de valores!

E lá estava o detetive na porta da delegacia para receber a visita dos cinco adolescentes de quem ele gostava tanto e que tinham ligado para ele, ansiosos por ouvir os lances de sua aventura na noite anterior.

Miguel, Magrí, Crânio, Chumbinho e Calu mostravam-se admirados e surpresos a cada frase do que lhes narrava o amigo.

– Impressionante, Andrade! – Calu arregalava-se todo. – Mas como você descobriu onde o bandido se escondia?

– Na verdade, não foi difícil, meninos. A tal voz misteriosa falou em oxigênio, em respiração e eu logo intuí que, se havia um esconderijo bem oculto no depósito de grãos, ele só precisaria de alguma saída de ar, uma tela de arame, ou algo assim. E então foi só procurar por alguma abertura que...

Ouvindo o relato do amigo, caminharam juntos pela calçada da delegacia e Andrade parou ao lado de um carrinho de pipoca.

– Vocês aceitam uma pipoquinha, meninos? Bom dia, seu Geraldo. Como vai? Por favor, queremos seis sacos de pipoca.

– Pro senhor, doutor Andrade, da pipoca doce, como sempre, não é? – falou o pipoqueiro.

– Sim, da docinha, seu Geraldo...

O homem preparou os seis pacotes e, no final, sacou de uma cadernetinha, consultou-a e cobrou:

– Com estes, doutor Andrade, são setenta e oito pacotes, contando com os da semana passada.

Andrade procurou a carteira no bolso:

– Ah, é mesmo... Na sexta não pude passar por aqui pra acertar as contas... – perguntou a quantia total, tirou a carteira do bolso, remexeu-a um pouco e voltou os olhos para o pipoqueiro. – Seu Geraldo... sabe? Estou meio curto de dinheiro. Posso pagar depois de amanhã? É que o nosso pagamento ainda não saiu e...

– Ora, é claro que sim, doutor Andrade! – respondeu o homem. – Comigo o senhor tem crédito até o ano que vem!

* * *

Quando voltavam, cada um pescando pipocas quentinhas de seus pacotes, Chumbinho perguntou:

– Então você tem conta no pipoqueiro, Andrade? E na semana passada consumiu mais de setenta pacotes?

O detetive mostrou-se sem jeito:

– Não... não é bem isso. Semana passada eu pouco fiquei na delegacia. Tantas ocorrências pra atender! Vejam só, na terça, eu tive de...

– Então por que você estava devendo tantos pacotes de pipoca?

O sem jeito de Andrade pareceu piorar:

– Nada... é que... bom... esses meninos da rua... São tão pobres... Eu dei ordem pro seu Geraldo dar pra eles a pipoca que quisessem, que eu acertava no final de cada semana...

Os cinco Karas ficaram mudos. Quer dizer que aquele policial tinha aberto uma conta no pipoqueiro para os meninos pobres da rua?!

Magrí pendurou-se no braço gorducho do detetive e perguntou:

– Puxa, Andrade... Você é mesmo um amor. Mas você não desconfia que o pipoqueiro possa cobrar mais do que entregou às crianças?

Andrade deu de ombros:

– Ora, querida, se eu não acreditasse na honestidade das pessoas, não poderia ser um policial!

* * *

"Que caráter!"

13. Peggy

Nas mãos de Miguel, a foto continuava a provocar recordações. Seu olhar deteve-se em Peggy, a amiga americana, o sexto e último membro a compor a Turma dos Karas:

"Que mulher! E continua magrinha, depois de todos esses anos... Magrinha e elegante!", Miguel enternecia-se com a imagem da amiga abraçada a Calu na foto. "E que belo casal! Já estão com os filhos na univer... Na universidade? Que nada! O mais velho até já é professor em Harvard! E a mais nova tornou-se atriz e já protagonizou vários filmes, tão jovem ainda! Também, filha do Calu, só poderia mesmo tornar-se uma artista de destaque. Como o tempo passa!"

Pensando em Peggy, seu coração encheu-se de ternura lembrando-se do dia de perigo e loucura em que ela havia entrado para a Turma dos Karas...

"E fui eu que a convidei para se unir à nossa turma... Fui eu mesmo!"[8]

---

[8] Ver *Droga de americana!*.

Recordou que, na época daquela incrível aventura, o pai de Peggy era o presidente dos Estados Unidos. A filha, depois de adulta, entrara também na política e tinha sido eleita senadora pelo Estado da Califórnia. E Miguel sabia que o carinho que o povo americano demonstrava por sua atuação tão enérgica no Senado antecipava que sua carreira ainda iria longe, muito longe!

"Que portento a luta de Peggy pela paz no Oriente! E quanto ela já conseguiu! Agora os líderes mais fanáticos dos dois lados só aceitam comparecer a alguma reunião para discutir a paz se a Peggy estiver presente. Incrível! Eles estavam cansados de tantas traições, de tantas promessas não cumpridas e só confiam mesmo na honestidade dessa minha querida amiga..."

Miguel recordava como a imprensa do mundo inteiro elogiava a capacidade dessa senadora de compreender as necessidades de cada lado da disputa entre países e governos e, ao mesmo tempo, de antecipar-se às divergências que poderiam perturbar as conversações de paz.

"Ela se tornou uma incrível mediadora de conflitos. Peggy consegue ver oportunidades onde outros só veem obstáculos. É uma pena que ela nunca tenha estudado no Elite..."

Na idade adulta, as intensas atividades daqueles amigos haviam feito com que só raramente eles pudessem se encontrar. Por isso, o que voltava à lembrança de Miguel era o tremendo episódio de coragem que Peggy demonstrara apenas poucos dias depois da aventura em que a americaninha havia se tornado o sexto membro da Turma dos Karas.

"Foi logo que chegamos a Washington..."

E Miguel rememorou com emoção aquele dia em que o Air Force One, o poderoso jato da presidência americana, sobrevoava a capital dos Estados Unidos, descendo para aterrissar no Aeroporto Internacional Washington Dulles. A bordo, a família do presidente Wilbur MacDermott e seus assessores tinham a companhia de cinco convidados especiais...

* * *

Era o início de julho, inverno no Brasil, mas pleno e tórrido verão nos Estados Unidos. Os alunos do Elite já estavam em férias, e Peggy MacDermott havia convencido o pai a permitir que seus novos amigos acompanhassem a comitiva americana na viagem de volta da família presidencial aos Estados Unidos:

– *Our friendship is very recent, daddy, but we will be friends for life!* Nossa amizade é muito recente, papai, mas nós seremos amigos pela vida toda!

A notícia de que o Air Force One voltaria para os Estados Unidos levando uma turma de jovens brasileiros era uma novidade tão grande para a tripulação que, ao embarcar, Miguel passou por duas comissárias que comentavam:

– *What a nonsense!* Que coisa sem sentido! É a filha que manda no presidente, é?

– Ora, você acha que ele poderia negar esse pedido da filha depois de tudo que ela passou no Brasil? Nas mãos de sequestradores! De sequestradores! *Poor little thing!* Coitadinha!

* * *

As acomodações particulares da família presidencial ficavam no andar de cima do enorme jato, e a metade inferior do aparelho era um comprido salão composto por diversos ambientes, como se fossem salas de visita enfileiradas.

Logo após a cabine dos pilotos, na primeira das "salas de visita", Miguel, Magrí, Peggy, Crânio e Calu ocupavam uma roda de poltronas conversando, contando casos e rindo como qualquer grupo de adolescentes.

* * *

"E tínhamos de falar somente em inglês, porque a Peggy ainda não entendia direito o português...", recordava Miguel.

* * *

Chumbinho tinha sido vencido pelo cansaço e adormecera em uma poltrona mais para o fundo, próximo de onde se sentavam o presidente Wilbur MacDermott e sua esposa, a primeira-dama americana, juntos com o general

Joshua Noland, chefe do Estado Maior das Forças Armadas dos Estados Unidos, e com o sempre preocupado J. Edgar Hooper, o todo-poderoso diretor da CIA, a famosa organização de segurança e espionagem a serviço do governo americano.

E era este que protestava:

– Foi um erro essa visita ao Brasil, senhor presidente! Um grave erro! Sua filha, sequestrada! Eu bem que havia desaconselhado essa viagem. Que loucura! Por que fazer seu discurso tão importante justo no Brasil, expondo a menina Peggy a tanto perigo? Logo o Brasil: um país de terceiro mundo, senhor, de terceiro mundo!

MacDermott sorriu, já acostumado com o destempero do diretor da CIA:

– Ora, Hooper! O que importa onde fiz o discurso conclamando o mundo à paz? Em qualquer parte em que eu o tivesse feito, minhas palavras teriam sido transmitidas para todos os cantos da Terra, como efetivamente foram. Bilhões de pessoas assistiram meu discurso pela televisão. E por que não fazê-lo no Brasil? É um lindo país, com uma população muito simpática, muito alegre. Gosto muito do Brasil!

– Quem gosta mais ainda do Brasil é nossa filha... – comentou a primeira-dama.

– É verdade. Peggy adora o país, principalmente por causa desses novos amigos brasileiros. O presidente estendeu rapidamente o olhar para onde se reunia a turminha de adolescentes. – E ela tem razão. Esses meninos são muito simpáticos!

J. Edgar Hooper não aceitava que o assunto de sua advertência fosse desviado:

– Mas o sequestro...

– Poderia ocorrer em qualquer parte, Hooper! – interrompeu o general Noland, apaziguador. – E não se culpe pelo fato de ter dado errado o esquema de segurança que você organizou no Brasil...

– O quê?! – protestou o diretor da CIA. – Você está dizendo que eu é que fui o culpado pelo que aconteceu com a senhorita Peggy?

– Ora, nada disso, Hooper! – contemporizou o general. – Você me entendeu mal... Se não tivesse havido traição justamente por parte do guarda-costas do presidente, o seu esquema de segurança teria sido perfeito. Nem uma barata passaria por ele!

– Hummm... – fez Hooper, nada confortável com o rumo da conversa.

– A intenção desses reacionários era pressionar nosso presidente – continuou o general Noland. – Eles queriam a toda força impedir que fosse implantada nossa nova política de desarmamento nuclear. Fariam isso no Brasil, na Austrália, na Cochinchina, em qualquer lugar do mundo!

– Mas em nosso país estaríamos mais seguros, general – atalhou Hooper. – Então por que expor nosso presidente a riscos desnecessários em países que nós não controlamos? A segurança dele e de sua família não pode ser posta em risco! E essa é minha tarefa, minha obrigação, minha obsessão!

– Claro, Hooper... é claro que é... – apaziguou o presidente. – Com você na chefia de nossa segurança, todos nós podemos dormir tranquilos!

– Bem observado, senhor – apoiou o general. – Esse caso dos reacionários americanos está resolvido, graças ao talento do Hooper. Só continuamos, como sempre, com a ameaça desses fanáticos árabes, que atacam tudo que é americano, em todo o mundo, sem nem saberem direito o porquê!

O presidente tentava encerrar o assunto:

– Mas agora tudo já passou, Noland. Logo estaremos de volta a nosso país e aposto que a repercussão do meu discurso terá feito a opinião pública explodir!

– Nem fale em explosão, presidente! – Dessa vez o general até se permitiu um meio sorriso. – As informações que recebemos é de que há um verdadeiro furor depois do sequestro de sua filha, mas o que seu discurso provocou foi mais que isso: foi um terremoto na opinião pública! Uma multidão estará à nossa espera quando aterrissarmos no aeroporto Washington Dulles!

– Estarão lá para protestar contra o discurso do Will? – perguntou a primeira-dama.

– Ao contrário – informou o general. – Fui informado de que nossos compatriotas prepararam uma manifestação de apoio às suas propostas de desarmamento nuclear, presidente. Uma loucura nunca vista! Teremos uma multidão entusiasmada como se o Muro de Berlim estivesse caindo pela segunda vez! Será ótimo para aumentar sua popularidade, justo agora, que estamos tão próximos da campanha pela reeleição. O seu discurso abalou a maior indústria bélica do planeta. E o povo americano está reconhecendo isso! Está reconhecendo, presidente! O senhor mexeu num vespeiro dos grandes! Mexeu num negócio de mais de um trilhão de dólares por ano! O senhor está escrevendo uma nova página da história do mundo!

– Bem, bem, bem, mas esse vespeiro é grande demais – decidiu Hooper, balançando a cabeça, contrariado. – No meio de multidões, qualquer esquema de segurança vira uma peneira! Por isso eu terei de instruir o comandante para aterrissar numa área do aeroporto bem distante dessa confusão. Embarcaremos a família do presidente nas limusines e a escolta de motociclistas nos levará direto para a Casa Branca.

O general aplaudiu:

– Isso mesmo, Hooper... Não podemos pôr em risco a segurança. É uma pena... Talvez, em outras circunstâncias, o mínimo que poderíamos fazer seria dar uma satisfação aos americanos que vieram ao aeroporto para aplaudir as novas medidas de paz. Mas desta vez tenho de reconhecer que você tem razão, ainda mais com esses terroristas árabes que não perdem nenhuma oportunidade de atacar os Estados Unidos. A situação é tão grave que as providências da CIA talvez não possam garantir a total proteção do nosso presidente e...

– Como?! – Hooper protestou de novo, dessa vez com um tom desafiante. – Quem disse que eu não posso garantir a total proteção do *meu* presidente, general?

– Ninguém, Hooper, ninguém... – acalmou-o Noland. – É claro que todos nós confiamos plenamente no seu trabalho. Eu só imaginava que seria bom para a imagem do presidente deixar-se ver por alguns instantes, pelo menos. Talvez percorrer alguns metros perto da multidão, acenar um pouquinho e sorrir como sempre, para que as pessoas pudessem testemunhar sua força e confiança nessa virada histórica, tudo com a televisão transmitindo a cerimônia para todo o mundo! Ainda mais que a campanha da reeleição está perto, não é? Mas o momento é grave, muito grave. Podemos deixar de ganhar alguns votos, mas você está totalmente certo. Aterrissemos o mais longe possível da multidão e...

– O que é isso, general? – cortou Hooper – Você acha que meus homens não podem garantir o presidente numa caminhada de alguns poucos metros?

– Ora, Hooper... – respondeu o general Noland –, nesse caso o risco é mesmo muito grande. Se você quiser, posso falar imediatamente com o coronel O'Hara. Meus fuzileiros estarão de prontidão e não haverá nada a temer!

Hooper pôs-se de pé, como se o general o tivesse desafiado para um duelo:

– Noland, você nem ouse assumir uma obrigação que é só minha! Leve seus fuzileiros para o Afeganistão ou para lá onde for! A segurança do presidente é um problema meu e só meu! – voltou-se para Wilbur MacDermott e declarou, solenemente: – Meu presidente, se o senhor decidir fazer esse contato com a opinião pública dos Estados Unidos, eu garanto que nada de anormal acontecerá!

E, furioso, olhou de lado para o general Noland, enquanto o presidente acenava com a cabeça, concordando:

– Pois bem, está decidido, Hooper. Comunique-se com sua equipe da CIA e diga que eu terei um breve contato com a multidão. Será só apertar algumas mãos, acenar um pouco e em seguida zarpamos para a Casa Branca. Precisamos começar a pôr em prática as decisões do processo de desarmamento nuclear, sem mais demora!

– Muito bem, meu presidente, muito bem. Ótima a sua decisão... – cumprimentou o general Joshua Noland, sorrindo levemente. – O país inteiro está ansioso por aplaudi-lo!

Triunfante, Hooper dirigiu-se para a cabine de comando para transmitir as ordens pelo rádio do avião, mas deteve-se brevemente a um chamado do general:

– Hooper, por favor, peça também para avisarem ao coronel O'Hara que o presidente terá esse breve contato com o público americano – e encerrou com uma risada. – Fique tranquilo, amigo... Jamais interferiremos no seu esquema de segurança, mas os meus fuzileiros têm sempre de saber por onde anda nosso presidente, não é? Ha, ha!

14. Uma graça de criança

"Ah... Como poderíamos prever o horror que nos aguardava no aeroporto?", lembrava Miguel. "Para nós, estávamos apenas começando um belo passeio!"

* * *

Chumbinho dormia a sono solto quando foi cutucado por Magrí:

– Estamos chegando...

O menino esfregou os olhos e olhou para fora. A altíssima abóbada do Capitólio começava a revelar-se, na medida em que o jato perdia altitude para o pouso.

Logo o imenso avião freava na pista e taxiava suavemente. Pelas vigias, Chumbinho viu o aparelho aproximar-se de uma multidão, na certa formada por jornalistas e populares que ansiosamente esperavam por aquele pouso.

O entusiasmo da recepção estava contido por cordões de isolamento ao longo do tapete vermelho que já estava estendido a partir da escada de desembarque. Faixas e bandeiras americanas coloriam a multidão. Escurecendo esse colorido, enfileiravam-se homens enormes, de cara fechada, todos uniformizados em ternos pretos.

– *Gosh, I have never seen so many men in black...* – comentava alguém. – Puxa, nunca vi tantos homens de preto...

– *They are here to protect our president!* Eles estão aqui para proteger nosso presidente. São agentes da CIA... – vinha a informação de alguém ao lado do perguntador, mas o barulho da multidão tudo abafava.

O suspense aumentou logo que a porta do avião foi aberta. E, um minuto depois, a ansiedade foi recompensada quando no alto da escada surgiu a figura do presidente, logo seguido pela primeira-dama. Foi um delírio! A multidão explodiu em vivas enquanto Wilbur MacDermott descia os degraus da escada, dispondo-se a percorrer o cordão de isolamento e corresponder aos cumprimentos das pessoas que se acotovelavam, gritavam chamando sua atenção e sacudiam as listras e as estrelinhas das bandeiras do seu país.

Peggy e os amigos brasileiros vinham logo atrás e tiveram de tirar os casacos, pois o sol de julho abrasava no pleno verão do hemisfério norte.

O trajeto até as limusines seria de uns 100 metros, no máximo, e o presidente aproximou-se do cordão de isolamento acenando, sorrindo e aceitando apertar algumas das mãos que se estendiam para ele. Todo mundo gritava vivas e dava trabalho para as dezenas de homens de terno preto e cara feia.

Miguel percebeu que, a poucos metros de onde estava o presidente, uma figurinha saía por baixo do cordão e surgia à frente da comitiva.

Era uma menininha minúscula, com um ramalhete de flores em uma das mãozinhas.

– *What a cute little girl!* – comentou alguém. – Que gracinha!

Todo mundo sorria, olhando a criança, e nem mesmo os homens da segurança pareciam se importar com a pequena e frágil invasão.

* * *

"Estava muito quente aquela manhã em Washington. Por isso, eu logo desconfiei que havia alguma coisa muito errada: com aquele calor, a menininha vestia um pesado casaco de lã! E seu corpinho parecia gordo demais!"

Em sua mente, Miguel revia a cena de verdade, como se ela estivesse reproduzida na foto que ele mantinha nas mãos.

"Fiz o sinal de alerta dos Karas na mesma hora e a turma percebeu que havia perigo, perigo demais! E foi Peggy quem avançou para a menina, de braços abertos, sorrindo..."

* * *

Peggy passou pelo pai e correu para a criança. Abaixou-se, passou um dos braços em torno dela e, com a outra mão, envolveu fortemente a mãozinha que segurava o ramalhete de flores. Calu já estava ao lado dela. Também sorrindo, delicadamente abriu o pesado sobretudo:

O corpo da criança estava todo envolto em explosivos!

Crânio, Magrí, Miguel e Chumbinho cercavam os dois amigos e Miguel estendeu a mão espalmada para o presidente, pedindo que ele parasse.

– *What's happening?* – estranhou J. Edgar Hooper, adiantando-se. – O que está acontecendo?

Vários agentes acorreram, protegendo o corpo de MacDermott, e Peggy alertou, alto o suficiente para ser ouvida, mas não tanto que pudesse provocar pânico:

– *Be careful! She has explosives tied all over her body!* – Cuidado! Ela tem explosivos amarrados em torno do corpo!

– *What?! Explosives? A bomb?* – gritou MacDermott. – O quê? Explosivos? Uma bomba? *My daughter!* Minha filha! Tirem minha filha daí!

Os homenzarrões agarravam e puxavam MacDermott quase como se fossem policiais prendendo um bandido, pois estavam treinados para garantir a vida do seu presidente com a obrigação de levá-lo para longe de qualquer perigo, até mesmo ignorando suas ordens:

– *Mister President, please, come with us...* Senhor Presidente, por favor, venha conosco...

Crânio examinou a criança e viu que um fio vinha dos pacotes de explosivo plástico amarrados em torno de seu tronco, percorria o bracinho e terminava no pequeno punho fechado em torno do ramalhete de flores: dentro dele, a criança segurava um gatilho de mola, para a detonação dos explosivos!

Peggy apertava com firmeza aquela mãozinha: se ela se abrisse ao entregar as flores para seu pai, soltaria o gatilho que faria a bomba explodir!

– *Away! Everybody away from here*! – mandava Peggy. – Pra longe! Todo mundo pra longe daqui! Esvaziem tudo em torno!

Os homens de preto tentavam intervir, assumir o controle da situação, mas Peggy e Calu agarravam-se à menininha.

– Todo mundo pra longe! – ordenava Peggy. – A menina tem um gatilho na mão! Se eu deixar que ela solte, vai tudo pelos ares! Chamem o esquadrão antibombas! Depressa!

Logo a multidão entendeu o que estava acontecendo e o pânico espalhou-se como uma inundação:

– *What? A bomb?!*

– *Terrorists! Be careful!*

– O quê? Uma bomba?

– Terroristas! Cuidado!

Um pandemônio! O aeroporto tinha virado um pandemônio!

Os soldados, os policiais e os seguranças de terno preto empurravam a multidão para bem longe do perigo com energia, como se tangessem um rebanho de gado a ponto de estourar. As pessoas, ao ouvirem a palavra "bomba", largaram as bandeiras e as faixas de apoio ao presidente e correram desabaladas para o prédio do aeroporto. Algumas eram empurradas, caíam, pisavam umas nas outras! Uma loucura!

– *Help!* Socorro!

Em um instante, perto do Air Force One só restava a roda dos Karas em torno da criança abraçada por Peggy, como se seus corpos formassem um escudo capaz de deter explosões. Logo depois dessa roda, lá estavam os agentes de Hooper que tentavam desesperadamente afastar dali o presidente e sua esposa, os dois mais desesperados ainda para proteger a própria filha:

– Peggy! *Darling!* – gritava a primeira-dama. – Querida! Fuja daí!

– Minha filha! *I'm warning you!* Estou mandando! Largue essa criança!

– Miss Peggy! Venha comigo!

Hooper agarrou-se a Peggy e tentou arrancá-la do abraço com a criança.

– *Let go of me!* Me largue, Hooper! Não vou soltar a menina! Saia daqui!

– Miss Peggy! *Please!* Por favor! Largue essa criança!

– Nããão!

E, abafada no meio dessa balbúrdia, é claro que a menininha pôs-se a chorar, em puro pânico!

– Sshh... sshh... – fazia Peggy abraçando a criança, enquanto Calu agradava-lhe a cabecinha, num esforço inútil para acalmá-la.

– *Take those kids out of here!* Tirem esses meninos daqui!

Obedecendo à ordem de Hooper, os agentes tentaram agarrar e afastar dali Miguel e os outros Karas, mas Peggy gritou:

– Esses não! Ficam comigo. Afastem-se todos! Não quero mais ninguém aqui! Fora!

J. Edgar Hopper continuava berrando, no auge da aflição. Como poderia afastar-se e deixar a filha do seu presidente abraçada a uma bomba?

– *Please, miss Peggy!* Por favor!

– *Go away, Hooper!* Vá embora! Se eu largar a mãozinha da menina vai tudo pelos ares!

– *Look! The bomb squad men! Here they are!* – gritou um dos agentes. – Vejam! O pessoal do esquadrão antibombas chegou!

Homens usando capacetes e vestindo macacões de tecido metálico que os deixavam parecidos com astronautas desembarcaram de um veículo blindado. Um deles veio com uma fita adesiva prateada e com ela cuidadosamente substituiu a mão de Peggy, envolvendo a mãozinha da criança e apertando-a fortemente, de modo a deixar bem preso o gatilho detonador da bomba.

A criança chorava, apavorada, sem entender nada do que acontecia!

– *You may leave here now, miss Peggy!* Pode sair daqui agora, senhorita Peggy! – aconselhou o técnico do esquadrão antibombas. – A situação já está sob controle!

Calu e Peggy levantaram-se, abraçados, deixando a criança nas mãos do tal perito. Junto aos outros Karas, começaram a afastar-se, andando de costas.

Os técnicos vestidos como astronautas também se afastavam. O perito que havia dado a ordem a Peggy ergueu-se e abandonou a menininha de pé, chorando, com a mãozinha envolvida pela fita prateada. A pobre levantava os dois bracinhos, como um pequeno náufrago a implorar por salvação, sacudindo o ramalhete de flores.

Quando estava já a uns cinco metros da criança, Peggy parou, de sobrancelhas franzidas, e perguntou:

– *What will you do now?* O que vocês vão fazer agora?

– *Don't worry, miss Peggy*. Não se preocupe, miss Peggy – falou o técnico. – Vá embora, por favor. Deixe que nós cuidaremos de tudo!

Peggy safou-se do abraço de Calu e avançou para o homem:

– Cuidam disso *como*? O que vão fazer com a criança?

O homem hesitou um segundo, olhando em volta, sem querer revelar quais seriam esses "cuidados":

– *Well*... Bem, pode deixar... Não há outro jeito... é que...

De repente, Peggy entendeu tudo. Correu de volta e agarrou novamente a criança, que não parava de chorar:

– Não! Vocês não vão explodir a menina! Ou vão ter de me explodir junto!

* * *

Daquela vez, as câmeras de televisão que haviam comparecido para reportar o retorno da família presidencial aos Estados Unidos depois do tremendo incidente ocorrido no Brasil e do histórico discurso de seu presidente, acabaram transmitindo ao mundo uma cena digna de um filme de Hollywood! Por isso, todo o planeta Terra estava preso à transmissão ao vivo daquele drama!

Os cinco Karas ajoelhavam-se em torno da filha do presidente, que permanecia abraçada à criança, acalmando-a.

Foi aí que Chumbinho decidiu:

– Deixa comigo.

Sem esperar qualquer licença, com o maior cuidado introduziu o indicador e o polegar por dentro do punho da menininha, forçando a pressão da fita adesiva, até encontrar o gatilho de mola do detonador.

– *What's this little fellow doing? He's crazy!* O que esse sujeitinho está fazendo? Ele é doido! – comentou a distância um dos homens do esquadrão antibombas, que não tinha peito para aproximar-se.

Magrí olhou em volta. O tal técnico antibombas já estava a uma centena de metros dali. Sem qualquer cerimônia, Magrí correu para ele, arrancou-lhe das mãos o rolo de fita adesiva e voltou para o grupo no momento em que Chumbinho retirava o gatilho da mão da criança. Sem perda de um segundo, Magrí envolveu o gatilho com a fita adesiva, bem apertado, travando-o em segurança!

O suspiro de alívio dos Karas teve de esperar um pouco, pois Crânio alertou:

– Esperem um minuto! A bomba ainda pode explodir!

Ajoelhado, começou a descolar delicadamente, uma a uma, as faixas de *velcro* que envolviam os pacotes de explosivos em torno da criança...

Nessa hora, com o principal perigo afastado, os técnicos vestidos de astronautas voltaram, trazendo uma caixa blindada em aço. Crânio foi entregando os pacotes de explosivos, um a um, e uma a uma as bombas foram postas pelos técnicos com a maior cautela dentro da caixa. Pronto! Agora a arma mortal poderia ser transportada em segurança para ser detonada bem longe dali...

Da multidão contida pelos fuzileiros no prédio do aeroporto, ouviram-se gritos e aplausos, embora, de tão longe, fosse difícil reconhecer quem era aquela adolescente que havia abraçado a menininha:

– *Who's that girl?*

– *I don't know. Maybe she's a junior FBI agent!*

– *Do you know what I think? I think she's the President's daughter!*

– Bullshit! It's impossible! [9]

Logo a certeza de que aquela jovem era mesmo Peggy MacDermott, a filha do presidente, fez aumentar a histeria dos aplausos daquele público, que agora tinha certeza de estar testemunhando um episódio que haveria de inscrever--se na história do heroísmo dos Estados Unidos da América do Norte!

---

[9] – Quem é essa garota?

– Não sei. Talvez seja uma pequena agente do FBI!

– Sabe o que eu acho? Acho que é a filha do presidente!

– Bobagem! Isso é impossível!

15. A ÚNICA TESTEMUNHA

"Que barbaridade!", lembrava-se Miguel. "Os terroristas criaram uma criança-bomba! Nunca entendi como uma crueldade dessas pode ter passado pela cabeça de alguém!"

Recordava que, naquela distante manhã, Peggy havia salvado não só a vida da criança, mas também as de centenas de pessoas ao livrar seus próprios pais de uma morte horrível!

"E até mesmo todos nós, os outros cinco Karas, passamos a dever nossa vida a ela! Ah, e que confusão tomou conta daquele aeroporto! Peggy não largava da menininha..."

* * *

– *But, miss Peggy, the child is our only witness!* – esbravejava J. Edgar Hooper. – Mas, senhorita Peggy, a criança é a única testemunha que temos! Entregue a menina, por favor! Temos de interrogar e...

– Interrogar!? – Peggy respondeu furiosa, com o rosto em brasa. – E *como* vocês vão interrogar uma menina pequena como essa, hein? Ela não deve ter nem cinco anos. Vão fazer como o técnico do esquadrão antibombas? Explodir a criança? Ou vão torturá-la?

– *No, of course not! We will just...* Não, claro que não! Vamos apenas...

– Ela não é testemunha coisa nenhuma, Hooper! É vítima! Ninguém toca nela! Essa criança fica comigo e pronto!

E não houve jeito. Peggy não largou a menina e, junto com os pais e com seus cinco amigos brasileiros, entrou na limusine com ela no colo. Nem o presidente pôde dizer nada frente à determinação da filha, e imediatamente o motorista pisou no acelerador, fazendo a limusine arrancar a toda velocidade, cercada pelas motocicletas da escolta com as sirenes disparadas, mais parecendo um enxame de vespas enlouquecidas!

* * *

A limusine presidencial estava bem lotada, com o importante casal e os seis jovens da Turma dos Karas, além do motorista e de dois brutamontes da segurança isolados no banco dianteiro.

Wilbur MacDermott mantinha-se calmo, tentando transmitir confiança a todos:

– *Soon we'll arrive at the White House.* Logo chegaremos à Casa Branca. Tudo está sob controle, agora. – Envolveu os ombros da esposa com o braço e sorriu para os jovens convidados, como se sua atitude bastasse para que todos esquecessem a quase tragédia.

– Shhh... shhh... – fazia Peggy, ninando a menina.

Quietos, os Karas entreolhavam-se, preocupados.

No calor do colo da filha do presidente, aos poucos a menina acalmou-se e...

– *OK, she's asleep.* Pronto, ela adormeceu.

O presidente olhou com ternura para a criança no colo de Peggy e comentou:

– *Poor child!* Pobre criança! Você fez muito bem em ficar com a menina, minha filha. Se o general Noland estivesse aqui, ia dizer que os culpados são os terroristas árabes. Sempre os terroristas árabes! O Noland só pensa nisso... – E completou, como se dissesse uma piada: – Daqui a pouco, se faltar água na Casa Branca, ele vai dizer que foi um atentado dos árabes!

Ninguém riu.

* * *

"Naquela hora, olhei disfarçadamente para os outros Karas. E cada um deles me devolveu o olhar, demonstrando que aquela situação estava muito longe de 'estar sob controle', ao contrário do que MacDermott havia dito...", continuava Miguel a recordar. "Estávamos no meio de uma Emergência Máxima. Era preciso agir!"

* * *

Na limusine, Miguel dirigiu-se respeitosamente ao presidente dos Estados Unidos:

– *Mister President, do you mind if we speak in Portuguese to each other?* Senhor Presidente, o senhor se importa se falarmos em português entre nós?

MacDermott sorriu:

– *Of course not, Miguel.* É claro que não.

Pronto! Dentro da limusine do presidente da nação mais poderosa do mundo, junto a ele e sua esposa, os seis Karas começaram sua reunião secreta de Emergência Máxima. Secretíssima mesmo, já que ali ninguém entendia português. Aliás, nem a heroica Peggy. Só bem mais tarde a mais nova integrante da turma aprenderia a língua do seu futuro marido. Naquele momento, a língua portuguesa funcionava como o mais secreto dos códigos dos Karas...

– Calu – orientou Miguel –, finja que está namorando a Peggy e vá traduzindo pra ela tudo o que a gente decidir aqui.

Aceitando com prazer a sugestão, Calu abraçou a americaninha, puxou-lhe delicadamente a cabeça para seu ombro, colou a boca próxima ao ouvido de Peggy, aspirou-lhe com imenso prazer o perfume dos cabelos e dispôs-se a cumprir a ordem do líder da turma.

– Karas – começou Miguel –, vamos fazer a reunião com naturalidade, como se estivéssemos conversando entre amigos.

– Certo, Miguel – Magrí foi a primeira a falar, olhando pela janela da limusine, como se comentasse a paisagem. – Eu estava mesmo esperando essa reunião, pois estamos vivendo uma verdadeira loucura. Vocês notaram que o único som que essa pobre menina emitiu até adormecer foi seu choro, não foi?

– Foi – concordou Chumbinho, olhando também para fora. – Mais nada. Nem uma só palavra.

– Esses assassinos são mesmo uns bárbaros! – Crânio acrescentou, dizendo a palavra "bárbaros" como se dissesse "que jardim bonito". – Os bandidos prepararam-se até para o caso de o atentado dar errado e a criança ser detida e interrogada. Eles sabiam muito bem que, mesmo sendo tão pequena, se a menina falasse, a polícia acabaria descobrindo alguma pista. Por isso, escolheram uma pobre menininha... surda e muda!

Fingindo estar exausta, dentro do abraço de Calu, Peggy balançou levemente a cabeça depois de ouvir a tradução. Sim, Peggy já tinha descoberto que a menininha era surda e muda quando se recusou a entregá-la ao Hooper.

– Muito bem, Karas – continuou Miguel, fingindo um bocejo. – Assim, como não encontramos ainda um indício sólido, temos de começar de algum ponto. O pouco que podemos usar é a suspeita óbvia do tal general Noland: o que aconteceu foi um atentado dos terroristas árabes.

Crânio retomou a palavra, em um tom alegre, como se propusesse uma brincadeira:

– Será que, se descobrirmos a origem da criança, isso vai nos levar a alguma coisa?

– Talvez não – respondeu Miguel, como se dissesse "sim". – Mas, como ela é surda e muda, deve ter sido orientada por gestos para entender que tinha de passar por baixo do cordão de isolamento e oferecer o ramalhete de flores ao presidente. E é certo que, para que ela obedecesse essa orientação, isso teria de ser feito por alguém em quem a criança confiasse muito, como um pai ou uma mãe. Assim, se ela é de origem árabe, é bem possível que esse pai ou essa mãe sejam árabes, não é?

– E daí? O que nos ajuda ficar sabendo se os pais dela são árabes ou suecos? – continuou Crânio a objetar, falando como se apoiasse.

– Bem, ela tem olhos e cabelos negros, mas isso não basta para supor que ela seja de origem árabe! – objetou Chumbinho, como se concordasse.

– Verdade – concordou Magrí, como se negasse. – Mas vamos tentar confirmar ou eliminar pelo menos essa hipótese. Eu tenho uma ideia. A menina, quando acordar, vai ter fome, é claro. Logo chegaremos à Casa Branca. Calu, fale para Peggy ligar para algum empregado da cozinha de lá. Peça que, logo que chegarmos, eles tenham preparado um lanche. Que ofereçam primeiro kibes, esfihas, homus, essas coisas de comida árabe. De início, somente isso. Mas que tenham de reserva uns hambúrgueres e uns cachorros--quentes...

– Magrí – sugeriu Miguel –, dê uma risada, para o presidente pensar que a gente só está jogando conversa fora. Finja que eu acabei de contar uma piada. Mas não exagere, hein? Calu, eu vou puxar papo com a mãe e com o pai da Peggy, para distraí-los enquanto você passa a ela nossas instruções e enquanto ela liga para a cozinha da Casa Branca. Não quero que o presidente desconfie de nosso plano.

Magrí riu como havia sido combinado e voltou-se para Chumbinho, como se comentasse a tal piada.

Miguel de imediato voltou-se para o casal de americanos e começou a falar:

– *Mister MacDermott, I'm sorry to ask, but I think it must not be easy to a United State's president handle some situations when...*[10]

* * *

A menininha acordou logo que a limusine chegou à Casa Branca. Olhou em volta, com uma expressão ressabiada, naturalmente estranhando o ambiente desconhecido. Peggy continuava com ela no colo e a criança parecia aceitar seu carinho, como se ela fosse uma irmã mais velha. Não mais chorava.

---

[10] – Senhor MacDermott, desculpe perguntar, mas eu acho que não deve ser fácil para um presidente dos Estados Unidos ter de lidar com situações em que...

Chumbinho parou sobre o gramado da Casa Branca, examinou um pouco a fachada da famosa construção e também estranhou:

– Puxa! Só isso? A residência oficial do presidente da nação mais rica do mundo é bem menor do que as mansões de muito político brasileiro!

Ao chegarem à porta principal, MacDermott imediatamente falou com um secretário, pedindo que fosse convocada uma reunião no Salão Oval para dali a uma hora. Dentre os nomes que o presidente mandava convidar, Miguel notou que ele citava J. Edgar Hooper e o general Joshua Noland.

* * *

Peggy levou a turma para o apartamento que ocupava na casa presidencial e, poucos minutos depois, sem nem bater na porta entrava uma senhora simpática e muito à vontade, trazendo uma bandeja coberta por um guardanapo.

– *Hello, nanny!* – cumprimentou Peggy.

Ajudou-a com a bandeja, beijou-a no rosto e apresentou a mulher como sendo sua antiga ama, que havia se tornado governanta da Casa Branca depois que o pai assumira a presidência.

– *We do not have middle eastern food in our kitchen, darling* – explicou a mulher. – Nós não temos essas comidas do Oriente Médio em nossa cozinha, querida. Mas você sabe que em qualquer canto de Washington a gente acha todo tipo de comida, não é? Seja grega, mexicana, italiana, coreana ou árabe. Achei tudinho que você pediu num quiosque bem aqui perto. Veja...

– *Thank you, nanny.*

Depois que a governanta saiu do apartamento, a reunião dos Karas podia ser feita em inglês para que Peggy pudesse participar, sem necessidade de tradução. E ela pegou da bandeja um prato com kibes e esfihas e estendeu-o para a menina junto com o seu melhor sorriso. A criança olhou para a comida sem demonstrar interesse. E logo levantou os olhos para Peggy já com carinha de choro...

Mais que depressa, Magrí estendeu-lhe outro prato com pequenos sanduíches de salsicha cheios de mostarda. A pequena imediatamente agarrou um deles e começou a comer, com o maior apetite!

– Ha, ha! – riu-se Calu. – *It seems this kid isn't Arab at all!* Pelo jeito essa menina não é nem um pouco árabe!

– *And how came she isn't?* E por que não? – objetou Chumbinho. – Por que não pode ser uma pequena árabe que não gosta de kibe e adora cachorro-quente? Eu sou bem brasileiro, mas não gosto de feijoada!

A turma calou-se. Por um tempo, como se assistissem a um programa de TV, os seis Karas apenas ficaram observando a menina devorar dois pequenos *hot dogs* junto com batatas fritas molhadas em ketchup e deliciar-se com um copo de leite achocolatado. Por fim, ela mesma pegou na bandeja um copo de coca-cola e ficou a sorver o líquido por um canudinho...

Nessa hora, Magrí quebrou o silêncio:

– *She seems to be very hungry!* Que fome! Coitada...

A expressão de cada um dos Karas, porém, não era de pena da criança, mas de desalento: sua única pista tinha ido goela abaixo da menina, junto com batatas fritas, leite, chocolate e coca-cola!

– E quem serão esses terroristas, Karas? – perguntou Calu, sabendo que ninguém teria qualquer resposta que valesse. – Não temos pista alguma! Segundo o MacDermott, ou de acordo com o tal Noland, sei lá, podiam ser os árabes, mas agora vimos que...

Chumbinho interrompeu o amigo:

– Hum... terroristas árabes, é? General Noland, é?*I don't know...* Sei lá... Estou com uma pulga atrás da orelha e é das bem grandes!

– *Speak out!* Diga logo, Kara! – ordenou Miguel.

Chumbinho esperou um pouco, organizando as próprias suspeitas, e começou a falar bem depressa:

– Karas, estou desconfiado de que o responsável por este atentado é muito mais americano do que a gente pensa. Tão americano quanto *hot dog*, batata chip e coca-cola. Eu ouvi cada palavra da reunião que o MacDermott fez no avião com o Hopper e esse general Noland e acho que...

– Ué! – estranhou Magrí. – Mas você não estava dormindo?

Chumbinho riu-se:

– Ora, Kara, você acha que eu iria dormir e perder a oportunidade de bisbilhotar uma reunião de Estado Maior do governo dos Estados Unidos? Que nada! Eu estava fingindo o tempo todo!

– E do que você suspeita, Kara? – perguntou Crânio, sorrindo da esperteza do amigo.

– Hum... é mesmo só uma suspeita. Achei estranha a discussão entre o Noland e o Hooper. Em primeiro lugar, fiquei sabendo que esse encontro do presidente com o povo não estava nos planos de ninguém. Foi o Noland que falou do entusiasmo dos americanos pelo discurso do MacDermott. Deu a entender que seria legal se ele fizesse um pouco de demagogia com as pessoas que esperavam no aeroporto, disse que a campanha da reeleição estava próxima, que havia votos a conquistar e coisa e tal... E o Hopper estava contra, dizendo que o perigo era muito grande, que o presidente deveria desembarcar bem longe da multidão...

– E daí, Chumbinho? – Miguel tentava apressar a revelação do amigo.

– Foi muito estranho, Kara. O Noland ficou provocando o Hooper, falando ora como se criticasse a capacidade dele de proteger o presidente, ora fazendo que concordava que a situação era perigosa e que o melhor seria mesmo fugir do encontro com as pessoas... Uma hora elogiava os esquemas do Hooper, e outra dava a entender que tudo o que o Hooper organizava não valia nada e que a segurança do presidente ia de mal a pior. Daí o Hopper caiu direitinho na provocação do general e a vaidade dele falou mais alto. Ele aceitou o desafio do Noland e declarou que era capaz de proteger muito bem o presidente se ele quisesse se encontrar com o povo lá no aeroporto...

– E, com isso, você quer dizer que...

– Quero dizer que o Noland tem tudo a ver com a coisa! Como é que um atentado com essa menininha-bomba poderia dar certo, se o desembarque do presidente fosse longe dali? Por que ele daria um jeito de mudar os planos da segurança e fazer o MacDermott cair nos braços da multidão como se estivesse em campanha eleitoral? Pra mim, acho que esse tal general Noland está por trás desse atentado!

– Por trás?! – riu-se Crânio. – Pelo jeito esse general está é à frente de tudo!

– Boa, Chumbinho!

Houve uma pausa. Cada um dos Karas avaliava as suspeitas de Chumbinho e todos chegavam à mesma conclusão: o atentado só poderia ser executado se o presidente tivesse sido convencido a desembarcar exatamente naquele ponto da pista do aeroporto e aceitar o contato com as pessoas que haviam ido lá para aplaudi-lo!

– Ei! – lembrou Magrí. – Estamos esquecendo do detalhe final: alguém viu o general Noland na hora do desembarque?

Não, nenhum dos seis Karas tinha visto o general desde que a porta do Air Force One se abrira à frente da multidão que o esperava em torno do fatídico tapete vermelho! Ou ele havia se protegido dentro do avião até a explosão da bomba, ou havia dado um jeito de sair de fininho para bem longe até que o presidente recebesse as flores inocentemente oferecidas pela pobre menina surda e muda!

Ao compreender a traição, Peggy ficou vermelha de raiva:

– E o general Noland, o próprio chefe do Estado Maior das Forças Armadas do meu país, pôs o meu pai à frente de uma pobre criança recheada de explosivos! Que canalha!

O entreolhar-se dos Karas naquele momento foi excitado: eles estavam na pista certa!

– Só pode ser isso! Mas e se estivermos certos, Karas? – perguntou Magrí. – Como vamos pescar esse peixe tão grande?

O líder dos Karas apontou o caminho:

– Só há um jeito. – Voltou-se para a filha do presidente e ordenou solenemente, em inglês. – *You are a Kara. It's up to you, Peggy!* Você é um Kara. É com você, Peggy!

– *All right, cap*. Certo, chefe.

A partir dali, a menina teria de enfrentar sozinha o militar mais poderoso do mundo!

* * *

Seguida pelos outros cinco Karas, Peggy correu pelos corredores da Casa Branca até a porta do local onde eram tomadas as principais decisões do governo dos Estados Unidos, o famoso Salão Oval, o lugar onde guerras já haviam sido declaradas, o local onde poderia ser ordenado que bombas nucleares fossem despejadas em algum ponto do planeta Terra. Na porta, afastou sem cerimônia o grandalhão uniformizado que estava de guarda:

– *Miss Peggy! You can't... It's an important meeting and your father...*

– *Step aside, Douglas, please!* – ordenou ela ao jovem oficial, que ela conhecia muito bem. – *I have to talk to my father. It's very important!*[11]

Empalidecendo, sem saber como agir, o jovem Douglas deu um passo de lado e Peggy escancarou a porta.

Lá dentro, meia dúzia de figurões, uns de terno, outros de uniformes brancos cheios de medalhas, reunia-se à frente da mesa presidencial, de onde MacDermott levantava-se com ar de reprovação. Todos os outros erguiam-se também e voltavam-se para a jovem invasora:

– Peggy! – protestou o pai. – *What are you doing? You know you can't interrupt when I'm in a meeting and...* O que você está fazendo? Você sabe que não pode interromper quando eu estou em reunião e...

– *Daddy!* – cortou Peggy, com a cara vermelha, um largo sorriso e jeito superexcitado. – Papai! Já sei de tudo! A menina me contou tudinho!

Na mesma hora, um vozeirão foi ouvido no meio dos figurões, junto com uma gargalhada nervosa:

– *Bullshit!* Bobagem! Como ela pode ter contado alguma coisa? A menina é muda como um peixe!

---

[11] – Senhorita Peggy! Você não pode... É uma reunião muito importante e o seu pai...
– Afaste-se, Douglas, por favor. Eu tenho de me encontrar com o meu pai. É muito importante!

Depois de um segundo de silêncio e aturdimento geral, todos olhavam para a expressão vitoriosa da filha do presidente, que encarava o general, cuja palidez da cara combinava com o uniforme impecável:

– *How could you possibly know that?* Como o senhor sabe que a menina é muda, general Noland?

* * *

Miguel acariciava na fotografia o rosto da amiga americana, emocionado com a lembrança de sua valentia. Sim, ele estivera certo quando havia convidado Peggy para fazer parte da Turma dos Karas.

"Ah, Peggy já era um verdadeiro Kara mesmo antes de a gente se conhecer..."

A conquista daquela companheira tinha lhe revelado uma certeza:

"Os Karas não têm fronteiras!".

Emocionado, Miguel recordava os eventos daquele dia como se tudo tivesse acontecido há poucas horas. E lembrava com imenso orgulho a atuação da jovem Peggy. Esse orgulho nem o tempo havia conseguido diminuir...

"O próprio comandante de todas as forças armadas dos Estados Unidos era o chefe dos que defendiam a indústria armamentista! Os interesses deles estavam sendo prejudicados pela política pacifista do MacDermott e eles reagiram da forma mais covarde, tentando matar o presidente!"

Depois do histórico discurso que prometia desmantelar todas as armas nucleares de seu país, os magnatas da morte tinham planejado aquele atentado na certeza de que o assassinato de MacDermott provocaria tal choque na opinião pública mundial que forçaria o vice-presidente a reverter a política de desarmamento e fazer o mundo retornar à fabricação das armas que mantinham a humanidade à beira do próprio fim!

"Que coragem da Peggy! E a menina muda, então? Nunca soubemos quem a havia escolhido para morrer despedaçada matando o presidente dos Estados Unidos, a primeira-dama, o Hooper, Crânio, Calu, Chumbinho... Magrí! Ah, até Magrí... e... e eu mesmo, junto com algumas dezenas de americanos inocentes que haviam ido receber o presidente para demonstrar que ele tinha o apoio da maior parte dos habitantes do planeta ao combater a indústria da morte..."

No meio das recordações de momentos tão dramáticos, lembrou-se da menininha surda e muda. Nunca se soube quem era ela, ou quem pudera ser tão canalha a ponto de querer sacrificar sua pequena vida por um objetivo tão asqueroso... Nem seu nome se soube qual fosse. Mas tudo acabou sendo melhor para a criança. MacDermott e a esposa a adotaram, ela ganhou o nome de Sheryl MacDermott e virou a irmã mais nova de Peggy. Recebeu a melhor atenção dos maiores fonoaudiólogos do mundo, aprendeu a falar por técnicas especiais e tornou-se uma advogada de destaque, dedicando a vida à defesa das pessoas com necessidades especiais como ela mesma havia nascido.

"De quase ter o corpinho despedaçado numa explosão, Sheryl conseguiu tornar-se uma das grandes advogadas dos Estados Unidos. Ela sobreviveu a uma quase tragédia para ganhar uma nova vida! Que dia foi aquele! O general Noland saiu preso do Salão Oval e descobriu-se depois que o tal coronel O'Hara e mais alguns poucos faziam parte do planejamento do atentado. Mas..."

Mas Miguel sabia que jamais poderiam ter levado à prisão todos os responsáveis por aquele horror. Sabia que sempre haveria quem pusesse a fabricação da morte à frente da proteção à vida. Sabia que a luta contra a indústria da morte seria eterna. Sabia que a responsabilidade dos Karas jamais, jamais chegaria ao fim...

16. Rumo ao futuro!

Mergulhado em suas lembranças, Miguel nem percebeu que não estava mais sozinho no imenso salão. Um leve toque no ombro despertou-o de seu devaneio:

– Está na hora, querido...

Delicadamente, largou a foto sobre a mesa e levantou-se.

Lá estava a mulher que o acompanhara durante toda a vida. Mesmo com o passar de tantos anos, ela continuava tão linda quanto sempre havia sido. E ainda elegantemente magra, justificando o apelido com que ele ainda se dirigia à esposa quando estavam sozinhos. Tomou nas suas a mão que o tocara e beijou-a com ternura:

– Magrí... O que eu teria feito sem você?

– Ora, Miguel, deixe disso. Todo mundo está esperando. Já imprimiu o discurso?

– Não... Estive pensando... pensando em tanta coisa que...

Magrí sorriu ao ver a foto sobre a mesa:

– Pensando nas maluquices de nossa juventude, querido? Bela foto! Não deve ter sido fácil reunir esses amigos tão ocupados! Mas agora estão todos aqui, juntos de novo. O auditório está mais do que lotado!

Sim, ela já havia verificado que aqueles velhos amigos estavam no auditório, à espera do discurso de Miguel. Calu e Peggy tinham acabado de chegar de helicóptero e Chumbinho estava na primeira fileira, como sempre com sua querida Natália, sentado ao lado do velho detetive Andrade, que parecia feliz como no dia da formatura de um neto. Só Crânio tinha chegado sozinho. Ultimamente comentava-se que ele andava sendo visto com uma linda modelo, bem mais nova do que ele, mas também se dizia que um grande cientista como Crânio não achava tempo para a moça, sempre ocupado, com tantos congressos, tantas conferências e tudo o mais. Bem, talvez somente Magrí soubesse *por que* ele nunca tivesse se casado...

– Até o Edson compareceu, querido. Lembra-se dele? Nosso famoso escritor! Sabe que ele adiou o lançamento em Paris de seu último livro só para estar aqui nesta noite?

– Claro que me lembro dele! O Edson! Nosso pequeno poeta, que quase foi expulso do Elite!

Magrí abraçou-se ao marido:

– Foi tudo tão bom, não foi?

– Se foi! – sussurrou Miguel, inebriando-se com o perfume exalado pelo corpo da esposa. – Foi e continua sendo. Acho que naqueles tempos nós construímos o que somos hoje...

Os lábios de Miguel novamente procuraram os dela, mas Magrí, prática como sempre, trouxe o marido para a realidade:

– Está bem, querido, mas agora chega de lembranças. Imprima logo o discurso e...

Miguel envolveu as faces de Magrí com as palmas das mãos e beijou-a com paixão. Em seguida afastou o rosto e fitou-a profundamente:

– Não, meu amor. Nada de belas frases de efeito. Desta vez eu vou falar com o coração!

Naquele momento, a porta do salão abriu-se e por ela intrometeu-se a cabeça de um secretário que falou, respeitosamente:

– Está na hora, senhor...

Dali a instantes, o auditório superlotado levantava-se e aplaudia de pé a entrada do casal. Magrí parou ao lado do pódio e Miguel esperou que os aplausos acalmassem, para começar o seu primeiro discurso como presidente do Brasil...

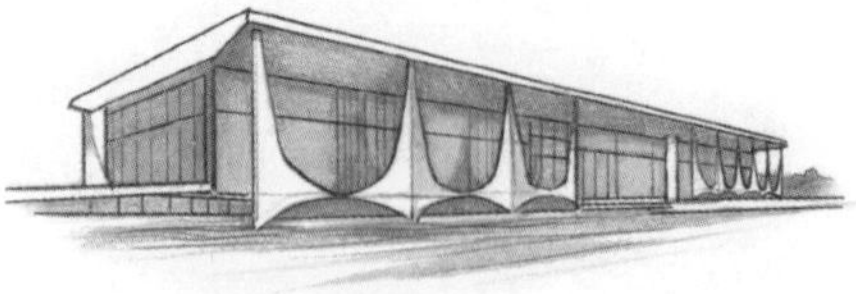

AUTOR E OBRA

Meu nome é Pedro Bandeira. Nasci em Santos em 1942 e mudei-me para São Paulo em 1961. Cursei Ciências Sociais e desenvolvi diversas atividades, do teatro à publicidade e ao jornalismo. A partir de 1972, comecei a publicar pequenas histórias para crianças em publicações de banca, até, desde 1983, passar a dedicar-me totalmente à literatura para crianças e adolescentes. Sou casado, tenho filhos e netos.

A droga da amizade é uma aventura escrita três décadas depois da primeira aventura com os Karas, a famosa *A Droga da Obediência*. Em 1983, quando escrevi essa primeira novela, ainda não havia computador pessoal, Internet, correio eletrônico, telefone celular, nada disso! Praticamente sem incluir essas modernidades nos enredos, continuei as peripécias dessa turma em outras novelas, como *Pântano de sangue*, *Anjo da Morte* e *A droga do amor*. Daí, o progresso do engenho humano acabou me convencendo de que eu teria de abandonar os meus queridos Karas, pois, se eu escrevesse novas aventuras em que os meninos lançassem mão dessas novas tecnologias, a história ficaria muito diferente das iniciais, enquanto por outro lado pareceria estranha uma história escrita no século XXI em que as personagens, quando precisassem falar com alguém a distância, corressem a um telefone público acionado por fichinhas metálicas ou enviassem telegramas pelo correio, em vez de e-mails...

Bem no finzinho do século passado, tempos já repletos de celulares e computadores, cheguei até a escrever uma história, que iria chamar-se "A droga virtual", em que os Karas se envolveriam com a informática, com *hackers*, e-mails misteriosos e essa coisa toda. Mas, na medida em que eu ia aprontando o texto, os programas de computação, com seus termos e tecnologias, iam se alterando e meu texto se tornava obsoleto mesmo antes de ir para a gráfica! Foi aí que cancelei o lançamento do livro, tirei a maior parte que citava detalhes da informática, aproveitei o enredo básico da aventura, e isso resultou na *Droga de americana!*. Depois dela, sentindo-me derrotado pelas modernidades, declarei: "Chega de Karas!".

Mas a insistência dos meus leitores, sempre pedindo novas aventuras, levou-me a concluir que a modernidade não existe para bloquear coisa alguma, e sim para acelerar o desenvolvimento da humanidade. Por isso, 30 anos depois de sua criação, eu tive de dizer a mim mesmo, mais ou menos como Miguel disse no final da primeira aventura:

"Ainda há muito a ser feito. Os Karas venceram muitas batalhas, mas a guerra ainda está longe, muito longe de terminar! O que importa são os Karas e os Karas têm de continuar!".